静静的花溪

郑玉林
著

中国财富出版社

图书在版编目（CIP）数据

静静的花溪／郑玉林著．—北京：中国财富出版社，2016.1
ISBN 978－7－5047－5995－5

Ⅰ.①静…　Ⅱ.①郑…　Ⅲ.①长篇小说—中国—当代　Ⅳ.①I247.5

中国版本图书馆 CIP 数据核字（2015）第 304684 号

策划编辑　张彩霞　　责任编辑　张　静
责任印制　方朋远　　责任校对　杨小静　　责任发行　邢小波

出版发行　中国财富出版社
社　　址　北京市丰台区南四环西路 188 号 5 区 20 楼　　邮政编码　100070
电　　话　010－52227568（发行部）　　010－52227588 转 307（总编室）
　　　　　010－68589540（读者服务部）　　010－52227588 转 305（质检部）
网　　址　http://www.cfpress.com.cn
经　　销　新华书店
印　　刷　北京京都六环印刷厂
书　　号　ISBN 978－7－5047－5995－5/I·0211
开　　本　710mm×1000mm　1/16　　版　　次　2016 年 1 月第 1 版
印　　张　14.5　　印　　次　2016 年 1 月第 1 次印刷
字　　数　187 千字　　定　　价　29.80 元

目录

第一章　刘长旺

一

这顿午饭紫薇没有吃好。她小心地退下饭桌，抓起一本书，溜出了屋子。还没到大门口，她的背后传来“嗵嗵”的脚步声。

紫薇停住，回头一看，继父刘长旺从后面追了上来。紫薇的脸一下变了颜色，继父这已不是第一次追赶她了。这几天刘长旺脾气越来越坏，刚才在饭桌上还摔了一只碗。

刘长旺几步窜到紫薇前面，拦住她。紫薇仗着胆子看了一眼刘长旺，刘长旺一对血红的杀猪眼狠巴巴的，一副要置人于死地的样子。

紫薇一动不敢动。

刘长旺上前一把夺下紫薇手里的书，然后身子一转，用力向前一掷，将书扔进墙角处的水洼里。

紫薇望着水洼里的书，不禁陷入绝望。

刘长旺瞪着紫薇，气冲冲地说：“我告诉你，你就是考上了也没有用，别指望我拿钱供你上大学，做你的美梦去吧！”

紫薇低着头，两只手的手指钩绞在一起，流出了眼泪。

刘长旺“哼”了一声，转过身，梗着脖子走回屋子。

紫薇走到墙角，从水洼里捞出那本沾满泥水的书。

屋子里又传来刘长旺的骂声：“养了他妈一个废物！一天到晚就知道上学，看书，家里什么活儿也不干！今天不把山上的茶给我采回来，看我怎么收拾她！”

紫薇悄没声息地把书放在旁边的鸡笼上，向屋子走去。

门开着，紫薇母亲杨秀芳站在屋中间，无助地望着女儿。再有几个月就要高考了，紫薇学习非常紧，而丈夫刘长旺对她的阻挠也越来越加剧，几次挡住紫薇不准去学校。今天早晨紫薇争辩了几句，把刘长旺给激怒了，攥紧拳头就要动手。杨秀芳又恨又急，但一点儿办法也没有。

紫薇走进屋子，来到母亲身边。杨秀芳立刻擦去眼里的泪水，装出一副没事的样子，对紫薇说：“你，怎么回来了……赶紧上学啊！”这是一个不善哭泣的女人，但此刻她的心情却像被秋风吹着一般。

“下午我去山上。”说完，紫薇拾起墙角的一只竹篓，背在肩上，像个被战争驱赶的难民，走出屋子。

刘长旺盯着紫薇的背影，脸像是要下雨的阴天。

杨秀芳转身看着刘长旺，战战兢兢地说：“他爹，要不，就让孩子把这两三个月对付下来吧？”

“对付？对付个屁！”刘长旺气呼呼地说。

紫薇刚走出大门，屋子里又传来“嗵”的一声，好像是把一只凳子给踢翻了。

正在读高三的紫薇是两年前随改嫁的母亲来到花溪镇的。

继父刘长旺是一个四十多岁的秃顶男人，曾结过两次婚，在花溪镇开一爿卖猪肉的铺子，山坡上还承包着一片不小的茶园。

刘长旺的两次婚姻都不长，头一次娶了本镇一个女人，只过上一年，那女人就说什么也不干了。据那女人后来讲，刘长旺根本不是人，不管黑天还是白天，门一挂就要和她上床，更要命的是他变着法没完没了地折腾她，实在让她无法忍受。

第二次刘长旺娶了邻村一个离了婚的女人。女人比刘长旺要大上五六岁，皮肤很白，也很瘦弱，走在街上，有气无力，一副病恹恹的样子，和刘长旺过上半年就死掉了。花溪镇的人都说，那女人是刘长旺给祸害死的。

刘长旺嗜酒如命，整天醉醺醺的，做生意还很蛮横。一天，外村一个人在他的案板前站了好半天，指着早已看好的一块不肥不瘦的生肉说："给我切上一斤。"喷着酒气的刘长旺看他面生，一刀下去，从另一块剩了好几天的生肉上剁下一块肉来，放在秤上。那人见这块肉不新鲜，指着秤上的肉说："我要的是那块，不是这块。"刘长旺将秤盘往那人面前一递："哎！这块不肥不瘦，多好哇！"那人见刘长旺不好惹，于是说："能不能把上面那块肥的给切下去？"刘长旺不高兴了，说："瘦的割给你，那肥的卖给谁？"那人看着刘长旺，赔着小心说："我不想买了。"刘长旺红眼一瞪，说："已经割下来了，你说不买就不买了？！"那人还是不甘心，说："可这全都是些肥的，也不新鲜，价钱能不能便宜点？"刘长旺不耐烦了："一斤半，九块。快点儿掏钱！"那人撩起衣襟一边往外掏钱一边说："就剩八块七了，行吗？要不你就把那三毛割下去。"

刘长旺一把将肉从秤盘里抓起，丢在案板上，嘴里不干不净地说："一个大老爷们，抠抠搜搜，简直不如个娘们儿。"

那人把钱放在案板上，提起那块肉放在鼻子上闻了闻，说："都有点味儿了，今儿个我是遇上劫道的了……”

刘长旺生气了，从案板上抓起钱，说：“哪来的味儿？屌头子那么大一块肉还挑肥拣瘦的。”

“我花钱买肉，你凭什么骂我?!”那人说。

“穷鬼，去去去！别惹我生气。”刘长旺一边说一边挥手往外赶他。

那人也来了火气，抓起那块肉摔向门外，转身对着刘长旺：“大爷我有的是钱，不吃这屌头子的肉，今天你给我割好的！”

刘长旺的脸由红变紫，脖子上的血管一下蹦得老高，看着那人，操起了切肉刀。旁边的人见势不妙，赶紧过来将两人劝开。不管本镇还是外地的人，要不是为了买肉，谁都不愿搭理刘长旺，花溪镇的女人更是不愿意接近他。不过，四年前一位浙江来这里做服装生意的单身女人却和他走得很近。浙江女人三十好几，长相也一般，说话的声音却是软绵绵的，给人的感觉有些腻。背地里有人说，这个女人恐怕不是正经货。女人租住的屋子就在刘长旺铺子的旁边，常来他这里买肉。也许是这个年龄的单身汉更容易寂寞，刘长旺非常喜欢这个女人。每当女人从门口走过，刘长旺老远就和她打招呼，女人也会眯起眼睛冲他笑笑。刘长旺兴奋得两腿直摇，奔出铺子，问女人想吃什么尽管来自己的铺子里拿。女人对他有了好感，成了肉铺的常客。刘长旺对她多有照顾，不但专拣好的猪肉卖给她，每次还要多给她一些。两个人的关系越来越近，遇上阴雨天，女人没有生意做，还会在刘长旺的铺子里坐一坐，看上去像是两人合伙在这里做生意。

自从认识了这个女人，刘长旺很少喝酒，穿着也干净了许多。女人每天都要从院子里搬进搬出许多货物，刘长旺就成了她不花钱的帮手。终于有一天，两人偷偷住到了一起。刘长旺对这个女人百依百顺，把自己所有的家底统统交给了这个女人。花溪镇的人很有眼力，这个女人真的不是什么正经货，半年以后，刘长旺多年积攒的钱财连同那个女人全都不见了。

上当的刘长旺瞪着一双血红的杀猪眼，发誓一定要报复那个骗了自己的女人，就是赶到天涯海角也要抓到她。他放下手里的买卖像个流浪狗一样去寻找那个女人。半个月过去了，刘长旺走遍了女人曾经告诉过他的几个地方，连个影子也没有。女人说给他的地址全是假的。刘长旺数了数口袋里仅有的几张票子，心里一阵发虚，站在陌生城市的大街上，一脸的疲倦和无奈。他已经没有了再找下去的心思，便自认倒霉，带着满身污垢，瘪着肚皮回到了家里。

此后的刘长旺脾气越来越坏，酒也越喝越多，他把全部的怒气都发泄到了猪的身上。当他把雪亮的杀猪刀插进猪的胸膛，看着那喷涌而出的热血时就会长长吁出一口气，心里觉得宽慰了许多，仿佛那杀掉的不是一头猪而是骗了自己的那个女人似的。

花溪镇人嘴馋，刘长旺的生意做得很不错，腰包渐渐鼓起来的刘长旺对那个女人的怨恨也越来越少了。有时他自己躺在床上想：女人嘛，就是来这个世界上花男人钱的东西！只要有了钱就不愁自己身边没有女人。

有了钱的刘长旺对女人的渴求越来越多，可镇子里的女人谁也不肯嫁给他。刘长旺觉得自己活得很亏，不过他有他的排遣方法。每隔十天半月就要坐车去一次县里，在一个背街的小旅店花上一百多块钱与一个年纪并不算小的“小姐”厮混一番。由于他是那里的常客，那个四十多岁的老板娘还破例为他打折了房费。刘长旺嗜酒如命，然而更要命的是一喝酒就想找女人干那种事，去县里要多花路费不说，且远水不解近渴。更让刘长旺烦恼的是那家小旅店亦并非绝对安全，有一次正当他和一位“小姐”快活的时候恰逢公安局突击检查，幸亏那个老板娘及时打开旅店的后门将他放走，否则就得给逮个正着。刘长旺真的是很烦恼。

一次刘长旺冒雨来到了那家小旅店，老板娘告诉他这几天风声很紧，“小姐”们都各自回了家。刘长旺却说自己大老远的也不能白来。老板娘说：“今天你就是出多少钱我也没有办法。”刘长旺瞪眼望着老板娘，心想眼前这不就是一朵还没有开败的花吗？老板娘被这个秃顶男人看得有些发毛，一边往后退一边劝他赶快走。刘长旺咧开大嘴笑了，说：“反正现在这里也没有别人，你就陪我吧！”老板娘又气又急，忽然想出一个主意，马上把脸板了起来，说：“我有个亲戚在公安局，你不可以乱来。”刘长旺不信，说：“你若是真有亲戚在公安局里上次你就犯不上战战兢兢地把我从后门给放走。”说着他就动起手来。老板娘给逼急了，抄起桌上的水果刀要捅刘长旺，刘长旺这才罢了手。几个月后，刘长旺终于在这家小旅店被派出所的警察给带走了，是不是那个老板娘使的坏，刘长旺自己也说不清。那天不管刘长旺怎样哀求，警察还是押着他去花溪镇去取罚款，刘长旺嫖娼的丑事立刻就给公开了。花溪镇人觉得这样的事很新鲜，便站在肉铺门口远远地去看刘长旺。刘长旺是破罐破摔，一脸的不在乎。有时喝醉了酒还骂大街说别人是饱汉子不知饿汉子饥。

小旅店不能去了，刘长旺什么都没有了。的确，连小学都没毕业的刘长旺没有家世，没有文化，没有阅历，没有羞耻，有的只是一把子年纪和对女人身子的渴望。

两年前，刘长旺在牌桌上结识了一位赌友，两人兴趣相投。赌友在花了刘长旺一大笔金钱后，终于给他介绍了现在的女人。

杨秀芳的到来让刘长旺欣喜若狂，自己不但娶了一个貌美的老婆，还带来了一个漂亮的姑娘。刘长旺压抑许久的欲望得到了宣泄，然而他并不满足于和自己年龄相仿的这个老婆，紫薇却更吸引他的目光。当杨秀芳不在身边时，刘长旺便对紫薇动手动脚。紫薇的冷峻与躲闪让刘长旺心里十分气恼，他恨死了这个女孩。

刘长旺心里十分清楚，紫薇如果上不了学，那就像一只被关在笼子里的小鸟，不管怎样扑腾也逃不出自己的手掌。可她一旦考上了大学，那自己不但要支付很大一笔学费，而且也就彻底失去控制这个女孩的机会了。

刘长旺才不会干这赔本的买卖呢！他有自己的主意。

紫薇来到了城外。初春的田野一眼望不到边的绿，遍地都开着各种颜色的野花，冬麦快要拔节，嫩绿的枝叶在风中摇荡着。紫薇眼里并无欣赏的心思，一个人背着竹篓，低着头，沿着一条窄窄的田埂向前走去。

已经是午后，田埂上见不到别的人。远处山坡上一株孤独的竹子在风中摇摆着，无际的荒野，更给人一种无边、无伴、无家可归的感觉。

前方就是花溪，对面的山坡上就是她家的茶林。

她停了下来，望着花溪边上的一块稻田，那是同学陆少原家的稻田。看着看着，紫薇心里忽然有了别样的情绪。

二

紫薇原来的家在离花溪镇二百多里地以外的陈家渡。父亲是一位老实的船工，六年前和一位乡邻去了海南。在一次出海时他们遇到了强台风，从此就再也没有回来。

父亲原本就没给这个家留下一点积蓄，什么活儿也不会做的母亲很难独自支撑起这个家来，正在上初中的紫薇面临着失学的窘境。

紫薇的母亲体态丰盈，看人时总是细眯着眼睛，一副温柔的样子，在陈家渡是个地地道道的美人，性情温和的她平时很少与人交往，尽管日子过得不算太好，那位船工也不舍得让她出去找些活儿做。见过她的人都说那是一枝被关在温室里养着的花，没见过她的人就只能从她女儿紫薇的脸上去揣摩她的美。她比船工小四五岁，是船工在很远的海南带回来的，没有人见过她娘家的任何人，因此关于她的身世陈家渡人有很多不光明的想象和猜测。最初的两年，她和船工的关系还曾在村里引起许多议论，但见这个女人一直都安分守己地和船工过日子，议论了些日子之后也就不再说什么了。失去船工两三年后，这个很美的女人形象已经大打折扣。她看上去很瘦弱，头发很黑，脸色却很苍白，刚刚四十岁，眼角已经有了细细的皱纹，眼睛也少了往日的神采，有的只是疲惫，见到了熟人也只是点头笑笑便走开，很少与人讲话。最要好的几个邻居都劝她说：“遇上一个好人家再走一步吧！这样你们娘俩不但可以摆脱没完没了的苦日子，紫薇也可以继续去上学。”

紫薇母亲总是叹息说：“碰上一个好人太难了！”

母女俩缩衣节食过着艰难的日子。三年前的秋天，已经考入高中的紫薇因交不起学费又陷入了失学的困境。

为了女儿能顺利完成高中学业，直至考上大学，这位孀居多年的母亲终于下定决心选择了再嫁。

紫薇母亲嫁到花溪镇是去年春日的一个午后，那天刘长旺在自家院子里置办了为数不多的几桌酒席。屋门口贴上了鲜红的对联，就连大门都挂上了红绿相间的绸布穗。院子外站着许多人，大家指指点点，兴高采烈地向院子里张望着。刘长旺扒掉往日那身油脂麻花的行头，套上一件鲜红的T恤和一条青色长裤，脚上蹬了一双品牌旅游鞋，就连他那汗津津的秃顶也罩上了一顶鸭舌帽。他的举止、他的脸色，今天都变得让人耳目一新，招引得院里院外皆有人驻足凝望。

人们瞪眼看着一身新装的刘长旺和他身边的新妇，然而更多人的目光却是在那个女孩的身上扫来扫去。

紫薇端着酒杯踏着满地的鞭炮残屑紧跟在刘长旺身后一桌接一桌地给前来贺喜的人敬酒，刘长旺不停地向人们介绍着紫薇，这倒让紫薇感到很尴尬。当刘长旺那顶鸭舌帽下射出两道火辣辣的目光回头看她时，紫薇满脸的羞涩和惊慌，立刻低下头去。刘长旺咧开大嘴笑了，他看了一下周围的人，心胸开朗如同秋天收获后的平原。从今天起他刘长旺终于挺直了腰杆，再也用不着跑到县城的小旅店去偷鸡摸狗。不管花溪镇的人们过去用什么样的眼光去看他，此刻他所有的烦恼和不快都随着这娘俩的到来一扫而光，有的只是优越和成就感。他整整衣襟，冲着大伙"嘿嘿"一笑，显得很亢奋。

院子外面一些好事的人凑在一起小声嘀咕着："刘长旺这小子交上桃花运了，讨了一个好老婆还带来一个更漂亮的姑娘。""可不是吗！艳福不浅呐！"有人更是酸溜溜地说："那小的早晚不也得让给他霸占了！"

刘长旺似乎听到了人们在说什么，心里虽然不快，可脸上却没表现出来。他瞪起眼睛向那些人望去，那些人一下就不言语了。

一个星期以后，刘长旺在花溪镇很有名的一家酒楼宴请了第一中学的校长蒋少康。蒋少康是推辞了两三次以后才勉强和刘长旺坐在了一个酒桌上。酒足饭饱后，刘长旺又将一个装满现金的纸袋塞进蒋少康的口袋里，蒋少康象征性地推脱一番，打着饱嗝告诉刘长旺："紫薇上学的事情就这么定了！"

刘长旺的大方没有白费。第二天，刘长旺和老婆就将紫薇送去了学校。

重新走进学校的紫薇心情快活而舒畅，脸上带着天真的笑颜。她再也不用为交不起学费发愁。她企盼自己能够考入一所重点大学，心里开始一遍遍地设计着自己的未来。她忽然觉得天空明亮了许多，空气也清新了许多，这个世界的一切都是那么美好。然而不知从哪天起，她感到继父那双布满血丝的红眼睛总是往自己的身上盯，这样她很不自在。不自在也没办法，刘长旺是继父。继父总是会找出各种理由来关心她，她想躲都没处躲。

时间一长，紫薇心里的不自在就变成了厌恶。她开始躲避刘长旺。除了吃饭，紫薇更多的时间是躲在自己的屋子里。刘长旺却很有耐心，隔着屋门大呼小叫，非得把她弄出来不可。

不管放不放假，紫薇都不愿意离开学校。

白天她和同学一起紧张地学习并不感到怎样，到了晚上回到家里一见到刘长旺，紫薇心里就有了恐慌；甚至一想起刘长旺，紫薇心里就打战。母亲不在家的时候，她回到自己的屋子总是把房门紧紧地关好，然后再去看书，仿佛刘长旺瞪着那对通红的眼珠子突然就会出现在自己面前，她一点儿也不敢疏忽。

后来发生的一切证明了紫薇对刘长旺的恐慌并不是多余的。

去年夏天的一个午后，刘长旺要去邻村卖猪，嘱咐老婆照看一下铺子，自己却踅回了家里。

家里只有紫薇一个人，正蹲在地上洗衣服。

刘长旺一屁股坐在柜橱旁的椅子里，嘴里呼哧呼哧地喘着粗气，两只红眼死死盯着紫薇。

紫薇十分害怕，又不能立刻走开，只好硬着头皮继续搓手里的衣服。

水盆里，她两条修长的胳膊越发光洁。

刘长旺使劲咽了口吐沫，干巴巴地喊道："紫薇，给爹倒点水来！"

紫薇直起腰，从身边的桌上提起暖水瓶，从里面倒出一杯凉开水，端在手里，低着头，慢慢来到刘长旺面前。

刘长旺并不去接那杯水，两只红眼仍旧盯着紫薇的脸。今天他的两只红眼特别亮，亮得有些发贼。

紫薇站在刘长旺面前，端杯子的手不停地抖。她怯生生地说："爸，你喝水。"

刘长旺这才伸出手，从紫薇手里接过杯子。

紫薇转身向门口走去。

"回来！"刘长旺大声喊道。

紫薇停住，不情愿地转过身。

"咕咚咕咚"只两口刘长旺就将一杯水灌进自己肚子，他喝水的时候两只眼睛都没能从紫薇的身上移开。

喝完水，刘长旺将杯子往前一递，用手背抹了一下嘴巴，对紫薇说："去！把柜子上面那包烟给我拿来！"

紫薇将杯子放回桌上，又走回刘长旺的身边，踮着脚尖，伸出一只胳膊去柜橱顶上去掏那包香烟，提起的衣襟下露出女孩一线光洁的细腰。

刘长旺使劲揉了揉自己的眼睛，只觉得气堵胸憋，心快跳到喉咙了。

紫薇的一只手在柜橱顶上翻弄了半天才抓到那包烟，她转过身，将烟交到刘长旺的手上。刘长旺接过香烟的手一下触到了女孩那柔若无骨的手，心头像有什么东西在拱动，弄得他一阵比一阵难受。此刻他根本没有心思去抽烟，倒是扒去自己上身的一条短褂，露出一身肥嘟嘟的赘肉。

紫薇心里更加害怕，眼睛紧盯着刘长旺的脸，一步步向后退去。

刘长旺“噌”的一下站起来，几步跨到紫薇面前，一双铁钳般的大手紧紧抓住紫薇的手臂。真不愧是杀猪的，有的是力气。

紫薇挣扎着要跑出去，却被刘长旺死死抱住根本动弹不得，想要呼救却又不敢，急得流下眼泪。

刘长旺满是汗渍的额头紧紧贴着紫薇的脸，紫薇闻到了一股浓烈的汗臭，喉咙里发出一阵干呕，一下停止了抵抗。

刘长旺脸涨得通红，一只手抓住紫薇，另一只沾满油渍的大手伸进紫薇的胸口。

紫薇像被宰杀的猪羊一样又开始了新一轮的挣扎，但丝毫没有作用，刘长旺仍牢牢控制着她。

刘长旺气喘吁吁地说：“今天只要你跟了我，我一定好好待你。你想要啥爹就给你买啥……”

紫薇大声哭叫起来。刘长旺急忙用大手堵住她的嘴巴，紫薇狠命咬住了他的手指。

刘长旺疼得大叫一声，放开了紫薇。

紫薇逃出了屋子。

这一切，懦弱的母亲并不知晓，紫薇也不想让她知道，她不想让母亲为自己忧心。

她几次和母亲说要去住校，可刘长旺就是不肯，他说在家里吃住比学校要好，还可以省下一大笔费用。

架不住女儿两次三番地乞求，找了一个刘长旺高兴的机会，杨秀芳对丈夫说紫薇学习太忙，最好还是让她去住校。

刘长旺一听就瞪起了眼，大骂老婆没道理。自己好吃好喝养着她们母女俩还不知足，竟然还要自己另外掏钱让紫薇出去住，简直就是拿他这个杀猪的当冤大头。

紫薇母亲是个逆来顺受的女人，从来不敢坚持自己的意见。一见刘长旺真的生了气，赶紧闭了嘴，再也不敢提这件事了。

好不容易重新走进学校的紫薇只能在紧张和焦虑中度过自己的每一天。

她盼望着高考的日子能早一天到来，只要能考上大学，自己就可以早一天离开这个家，结束这让人提心吊胆的日子。

然而随着这一天的临近，刘长旺也加紧了对紫薇的纠缠。他千方百计地寻找机会就是不让紫薇安下心学习。

五一节过去，再有两个月就要高考，班里的同学们拼命地复习功课，谁也不敢浪费一点时间。紫薇每天晚自习后回到家里，刘长旺还叫她干这干那，实在没有什么活做，刘长旺就推说自己腰痛要紫薇来为自己捶背。

紫薇知道自己得罪不起刘长旺，只得硬着头皮为他捶背。然而更多的时候她是选择逃避。

一天，吃早饭的时候，刘长旺说：“紫薇，今天集上人多，中午你把饭给我送去！听见没有？”

“听见了……”

到了中午，刘长旺自然是一边翻着白眼一边吃着老婆给他送来的饭菜。

刘长旺心不顺，一个下午没好气。

吃晚饭的时候，刘长旺说：“紫薇，我那身衣服沾上猪血了，赶紧给我洗一洗！”

“是！赶紧洗……”

刚刚撂下饭碗，她就匆匆地跑出门去。

背后立刻传来了刘长旺的骂声：“整天白吃白喝啥也不干！金枝玉叶啊……”

老婆赶紧过来劝他，“她爹，别生气，别生气呀……”

刘长旺把筷子使劲摔在饭桌上，“不生气？她连个好脸都不给我，我他妈能不生气吗？！”

的确，一块嘴边的肥肉就是吃不到，刘长旺怎能不生气。他揪住老婆的头发将她按在地上就是一阵拳头。

她叫唤了几声又忍住了，那声音换来了刘长旺更狠命的毒打。

刘长旺打累了，坐在床边上歇息。

杨秀芳想爬起来，刘长旺上前冲她后背就是一脚，“谁让你起来了？”

她趴在地上一动不敢动。

从此，老婆便成了他的出气筒，杨秀芳的身上经常是旧伤接新伤。

一天，紫薇看见了母亲手臂上的伤痕，吃惊地问母亲是怎么回事。

母亲往下拉了拉袖口，说是做饭时一不小心自己跌破的。

紫薇流泪了，望着母亲，好半天说不出话。

她开始仇恨刘长旺，然而更多的是无奈。她的心情就像那阴沉沉的天空，看不到太阳，看不到一点儿希望。

刘长旺就是刘长旺。

一个星期天的下午，卖完猪肉的刘长旺兴冲冲地回到家里，见到这娘俩，像变魔术一样从怀里掏出了一条裙子，卖弄地说："没见过吧？这是时下城里最流行的裙子，我是花了大价钱托人从城里买回来的，给孩子。"

老婆杨秀芳欢喜地说："真的不错，不过咱一个乡下孩子穿这么好的东西干啥？还是把它拿去卖了吧！"

刘长旺摇晃着没有几根头发的大脑袋说："我是特意为孩子买来的，怎么能说卖就卖了？"他转过脸对紫薇说："怎么样，过来看看，多好的款式，这回你该满意了吧？"

紫薇怯生生地说："爸，这么贵的东西我不要。"

刘长旺显得有些不高兴，"什么不要，你是爹的乖女儿，应该打扮得漂亮些。"

紫薇低下头不再说话，杨秀芳却是担心丈夫下不来台，于是伸出手去接刘长旺手里的裙子。

刘长旺一下拨开老婆的手，对紫薇说："过来，把它换上，让爹看看合适不合适。"

紫薇想起不久前刘长旺借看她穿什么衣服的机会在她的身上使劲掐了一把，心里一下有了恐慌。

刘长旺撇开老婆径直来到紫薇的面前。

紫薇一下红了脸，低声说："不！我不要穿……"

刘长旺近前一步，伸手去拉紫薇。紫薇推开他的手，躲在母亲身后。

刘长旺厚着脸皮说："哎，让你穿你就穿上，别那么别别扭扭的。"

怕把事情闹僵，杨秀芳赶紧说："这样吧，我先替孩子把它收着，什么时候她要穿再交给她。"说完伸手去接刘长旺手里的裙子。

刘长旺却偏不把裙子交给老婆，撇着嘴说："一边歇着去，这里哪有你的事?!"

杨秀芳的脸色很难看，讪讪地缩回了手。

紫薇对母亲说："妈，我不需要那东西……"

"什么？你再说一遍。"刘长旺显然有些生气，提高了声音。

紫薇无语。

刘长吐的脸红一阵白一阵，对老婆发起了脾气。

"我早就看出来了，你们这娘俩跟我是离心离德，我的好心算是成了驴肝肺。"

杨秀芳赶紧说："她爹，你千万别生气，孩子小不懂事。"

刘长旺瞪着一双血红的杀猪眼，大声嚷嚷道："什么不懂事？我全明白了，这孩子就是看我不顺眼，早知道是这样……"

杨秀芳急忙说："不是的！她爹你好好想想，她已经是大姑娘了，怎么好在你面前换衣服……"她转身对女儿说："紫薇，快把裙子拿过去。"

紫薇站着不动。

刚才老婆的辩解让刘长旺感到很不快，可自己又挑不出什么毛病，他拉长了脸盯着紫薇，心里仍然燃烧着让她当面换上裙子的欲望。

紫薇被他盯得难受，转过身去看着门口，刘长旺更加恼火，骂骂咧咧地说："到底不是自己亲生的，怎么他妈的疼也不行。"

杨秀芳拉了一下紫薇的衣角，说："紫薇，去给你爹认个错！"

紫微固执地站在那，头也不回。

刘长旺忽然凶了起来，将手中的裙子"啪"地扔到床上，对着紫薇狠狠地骂了句："就凭你这不知好歹的样子，还想上大学?！哼……"

三

花溪镇的四周是一片茂密的竹林，一条由北向南蜿蜒而来的小溪在镇子的西南面转了个弯后向东流去。夏天，小溪的两边生长着许多不知名的小花，一直将小溪送向远方，花溪镇也因此而得名。

第一中学坐落在花溪镇的西南角，有前后两幢楼房，分别用作教室办公室和教师学生的宿舍，一侧还有一幢红瓦房用作活动室和仓库。

陆少原和紫薇都是高三二班的学生。

少原第一次见到紫薇是两年前的一个春日。那是一个星期天的上午，少原和父亲一起去给稻田施肥。

忽然，少原眼前一亮，在自家稻田旁边的茶林里出现一个穿红色衣服的女孩。

少原仔细再看，那是一个十六七岁的女孩，正在茶林里采茶。

他停下手里的活，远远地看着女孩。看了一会，他慢慢向茶林边上走去。

父亲陆怀玉叫他回来干活，他没听见。

他离女孩已经很近了。

女孩只顾低头采茶，什么也没发现。

少原就像一只去偷咸鱼吃的猫，脚下轻得一点儿声音也没有，当他快走到茶林旁时，看清了女孩乌黑的长发、白皙的面庞，还有那一双灵巧的手。

少原一边看一边痴痴地想：她是谁，自己怎么从来没有见过她?

他又慢慢地向前移动着脚步。

不知过了多久，女孩抬起头来，发现了站在自己旁边正在看她的少原。

她被他看得有些不好意思，立刻转过身，向茶林深处走去。少原有些脸红，但还是站在那望着女孩离去的背影，看了很久。

中午回到家里吃过午饭，少原就呆呆地坐着，苦思冥想了整整一个下午，什么也看不进去。

第二天，女孩背着书包竟然出现在少原的眼前。当老师介绍说她叫紫薇时，班级里几乎所有的男生都惊奇地瞪大了眼睛。紫薇的美丽让他们感到惊讶，就像在晴朗的夜晚看到海面升起一轮月亮，虽然不是万丈光芒，却也让他们个个欣喜若狂。花溪镇还从未有过这么漂亮的女孩子，接下来又是满脸的疑问，她为什么跑到这里来上学呢？为数不多的几个女生也用嫉妒与羡慕的目光看着她，心里想："漂亮有什么用，这里靠的是分数!"

紫薇一眼就认出了这位昨天已经见过一次面，还算不上帅气的少原。

几天以后，紫薇就和他们熟悉了起来。尽管学习任务十分繁重，几乎班里所有的男孩子都愿意帮助她。然而少原却是个例外，一见班里的男生们在紫薇面前出风头，心里就有些捻酸。虽然他和紫薇的座位相距很近，只隔着一条窄窄的过道，可他从来没和紫薇说过一句话。紫薇也没主动和他说过一句话。不过，紫薇却分明感受到了少原火辣辣的目光，不时地注视着自己。这多少让她有些窘。

紫薇的学习成绩是很不错的。期末考试的时候，她的成绩居然是全年级的第五名。这下老师和所有同学都对她刮目相看。校长蒋少康更是高兴，逢人就说她给花溪镇中学招来了一个漂亮的才女。

这一下班里的男生们更愿意接近紫薇了，碰到还是不碰到难题他们都愿意找紫薇帮忙。即使是快要放学的时候，紫薇的身边也还是围着几个男生，手里拿着本子问这问那。紫薇那件红色的衣衫在男生们蓝色黑色的背影间若隐若现，十分惹目。少原在男生们胳膊的缝隙间去窥视那件红色的衣衫，心就像是被火燎了一样，很是不安。他甚至专横地想，他们凭什么总是在围着她。

心里是这样想，脸上是不能表现出来。他显得有点孤单，尽管心里很急，但对紫薇仍然是不去理会。

紫薇则更不去理会他，就像自己身边根本就没有这么一个同学似的。少原则不然，每天眼睛在书上，心却在紫薇身上。他盼望着哪一天紫薇能够主动和自己说句话，哪怕是简单地打一声招呼。他心里空荡荡的，很是寂寥。

为了能够引起紫薇的注意，少原开始注意起自己的仪表来。每天出门时他都认真地照照镜子，走进教室前他都要用手理一理自己的头发，再扯一扯自己的衣服看哪里有不妥。尽管这样他仍旧没能换来紫薇对他的注意。少原心中很是痛苦，整天无精打采，学习成绩严重下滑。

不过，他的平淡、他的质朴却也在紫薇心里留下了印象——这个男孩还不错。

渐渐他们有了接触，那就是彼此看一看对方的笔记本，照面时彼此微微一笑，这对于少原来说已经很满足了，他相信这种懵懂暧昧混沌不清的美好状态就是爱的序曲。

少原终于盼来了进一步和紫薇交往的机会——去年春天晚自习后回家的路上发生的事儿。

那天晚上突然刮起了风，不一会儿，天就阴沉下来。风越刮越大，坐在教室里的少原总也静不下心来做题，一直在望着窗外。一道闪电划过夜空，密密麻麻的雨点和冰雹砸在铁皮屋顶上，发出噼噼啪啪的声响，屋子里每一个人都带着一脸的惶恐和不安，开始收拾自己的书包。

少原望了望身边的紫薇，她仍旧那样专注地做题，丝毫没有被外面的雷声雨声所影响。

身边的同学快要走光了，紫薇还是没有马上离开的意思。少原有点着急了，收拾好自己的书包，又看了一眼紫薇，推开门，毫不犹豫地走了出去。

雨水立刻顺着他的脖子流进后背，他打了个激灵，不由得缩紧了身子。

出了校门口没走几步，他又停了下来。他把身子藏在墙角后，探出半边脑袋去看刚刚离开的那间教室，紫薇还是没有出来。他有些焦躁，抬头看看天，雨丝毫没有停下来的意思。

当紫薇开始收拾书包时，屋子里只剩下了她一个人。紫薇朝窗外望了望，神色有些不安，她犹豫一下还是走出了教室。

她的全身很快就被雨水打湿了。

走出门口不远，借着闪电紫薇看见了站在雨中打着哆嗦的少原。紫薇走近少原想要和他说句话，少原却转身朝紫薇家的方向慢慢走去。

紫薇心里一阵激动，紧走几步跟上了少原。雨打在她的身上，有些凉。可她却感到十分舒畅，仿佛浑身的每一根神经都被那份清凉所激活。突然，她脚下一滑，整个人一下跌在泥水中，不由得叫了一声。少原走在前面虽然没有回头，却分明觉察到了身后发生的事情。他赶紧走了回来，向紫薇伸出了自己的一只手。紫薇一阵心跳，犹豫一下，还是抓住了少原。

她重新站了起来，不好意思地朝他笑笑。可少原却紧紧地抓着她的手，丝毫没有放开的意思。她的心急乱地跳着，却没有勇气从少原手里抽回自己的手，而是任由他紧紧地攥着。少原也感到了来自紫薇的温情，脸变得通红，幸亏是在夜晚，没有人看得见。

就这样，他们并肩向前走去，彼此谁都不再说话。不知不觉他们到了紫薇的家门口。

他们面对面地站在雨中，紫薇乌黑的头发沾在脸上，更加现出她的清丽。

少原极力地使自己平静下来，对她说："进去吧。"

紫薇向他点点头。

又是一道闪电，少原看见她那乌黑的眼睛比以往任何时候都更加明亮。

她轻轻地说了声："谢谢你。"然后慢慢地走进了院子。

紫薇来到了门口，但她没能把门拉开。她转过身向大门口望去，少原还站在那里望着自己。

一阵暖流涌过紫薇的心头，她挥起手臂向他挥挥手，然后拉开了屋子的门。

紫薇轻轻走进屋子，尽量不发出一点声响，黑暗中传来了刘长旺沉沉的鼾声。紫薇没去打开电灯，她摸索着脱去外衣，拧干衣服上的雨水后，挂在墙上，然后软绵绵地倒在床上，闭上眼睛默默地回想着刚才发生的事。

其实紫薇早就感受到了少原的心意，只是不去理睬罢了。紫薇不是一个轻薄的女孩，班里也曾有几个男生偷偷给她塞过纸条，甚至是约她出去。她将这一切统统关在自己的心门之外，心里只想着做好每一门功课，争取考上一所好的大学，只有那样才能彻底改变自己的命运。在感到少原好笑的同时她也忘不了告诫自己，恋爱对自己来说是一件遥不可及的事情，那对自己来说简直太奢侈了，自己没有资本，也绝不可能那么早地陷入情网中。不过今天这个夜晚，一场突然而至的风雨吹开了她紧闭的心扉，她再也没有能力坚守自己许下的誓言。

窗外的雨在不停地下，一道闪电像利剑一样划破夜空将整个屋了照得通亮。紫薇一下坐了起来，下意识地望着窗外。

伴随着沉闷的雷声，雨越下越大，似乎还伴随着许多冰雹。冰雹敲打着铁皮屋顶，敲打着窗上的玻璃，发出清脆的声响。

又是一声炸雷。

紫薇的心一阵哆嗦，她一下想起了少原，也许这时他正走在回家的路上……

借着闪电的亮光，紫薇看见窗外已经是白茫茫的一片。她紧紧地抱着枕头，下巴抵住双膝，闭上眼睛听那一阵紧似一阵的雨声和冰雹声，眼前总是晃动着少原的身影。此时她的心情既紧张又兴奋，她感到了从未有过的甜蜜与幸福。

在这个雨夜，紫薇的思绪一点儿一点儿地清晰起来，她真正感到了来自少原的那份不同寻常的情意。

雨渐渐地停了，冰雹也慢慢地化去。紫薇心中冰封的爱也在这个春夜渐渐地融化为流动的春水，心中涌动着青春的情和爱。

她真想马上就见到少原。她焦渴地想着，幻想着自己和少原手牵着手，一起走进风雨，去接受那份爱的洗礼。

第二天一早，紫薇醒来，看了看墙上的电子钟，时间已经不早。她想起今天上午就要联考，自己还有两页书没有看完，急忙跑到外面，洗漱完了用手拢了拢头发，饭没吃就出了家门。

她抬头看了看天，头顶满是跑动的云。雨虽然停了，前方低洼的路面上仍有些积水。紫薇只得低着头找那些半湿半干的地方下脚，因此走得并不快。

好不容易才走上了干净的路。紫薇看见前面不远处站着一个女孩，那是紫薇的邻座小静。小静生得不是十分漂亮，但丰盈的胸部吸引了许多男生的目光。她天生爱打扮，几乎每天都在变换着自己的服饰。今天她穿了一件米色短衫、一条湖蓝色短裙；短裙很修身，紧紧地绷在她的身上，恰到好处地勾勒出她腰以下的曲线。看上去她是一个很会折磨男生的女孩。

紫薇听说小静在读初中时就已经交过五六个男朋友了，而她的学习成绩一直就不好，还经常逃课，在她的书里经常可以发现许多男影星的大头照。

小静也看见了紫薇，向她“嗨”了一声算是打了招呼，然后朝紫薇身后张望着，像是在等什么人。紫薇冲她抿嘴一笑，回头看去，只见一个和她一般大的男孩从自己身边急匆匆跑了过去。之后，紫薇还看见：男孩一把抓住小静的手，两个人依偎着向前走去。他们就像阳光底下一个枝头上盛开的两朵花，在风中不停地招摇着，好像是故意让紫薇欣赏似的。

紫薇一下想起昨晚雨中的少原不也是这样紧紧地抓着自己的手吗？她的脸一下红了起来。

她按时来到学校。走进教室，她一眼就发现了少原，几乎是同时少原也看见了她。紫薇来到自己的书桌后面坐下，扭头冲少原笑了笑。她发现今天少原看她时眼里有了一种不同寻常的光，那是让人耳热心跳、一见就无法释怀的光。紫薇一下红了脸，急忙低下头去。

也就是从这天开始，少原像是变了一个人似的，看紫薇时目光不再躲躲闪闪，遇到自己实在解不开的难题时甚至会主动向紫薇寻求一些帮助。而紫薇有时却现出几分窘态来。

即使在课间，少原也会不时地侧过脸看着紫薇，目光甚至比以前更热切。紫薇无意间发现了少原正在看她，脸一下子热起来，心急乱地跳着，脑子也有些不好使。她感到很不自在，将头转向一个让他看不到的角度，躲藏起来。

她的躲闪让少原陷入难堪。每当这时，他就会低下头去，好半天才能从那羞愧中解脱出来。

而过不了多久，他又会旧病复发，但这丝毫没有影响到两个人关系的发展。

一个晚自习后，少原和紫薇一起出校门。他们没有回家，不约而同地朝另一个方向走去。

这时，月亮已经升得老高，安静地照着小镇。

走了一会儿，少原停下来，指着天上的月亮说：“你看这月色多好！”

紫薇抬头向少原手指的方向望去，说：“是啊！你看它四周的薄云更华彩，简直分不清云和月谁在走。”

少原看了看紫薇，说：“此时此刻我倒想起了一首老歌《月儿像柠檬》，尤其是最后那两句，好像就是在说我们俩。”

紫薇的脸有些发热，站在那，细眯着眼睛，很安静地听少原说话。

“我们向前走走吧?”

“这么晚了……”

“随便走走吧……”

他们沿着街道一直向前走去，不知不觉就走到了小镇外。夜深人静，前方传来了一阵蛙鸣。

他们在一处石头台阶上停了下来，望着前方不远处的一株竹子。那是一株孤独的竹子，旁边再也没有别的一株或是其他树。月光下，那株竹子高高地生长着，越发显得孤寂，苍凉。

随着云的飘过，月光暗了下来。那竹子成了一个虚幻的影子，朦胧的田野透着苍茫的远古气和神秘。

今晚紫薇穿了一件乳白色的短袖绸衫，月光下闪动着捉摸不定的亮光。她扭头看着少原，白皙的面庞，迷人的鼻梁，充满温情的眼眸越发显得清丽可人。

少原看着紫薇，喃喃地说：“你比白天更好看……”

紫薇孩子似的一笑，“那你就看个够……”

他看着她，另一个念头又占满了他的心，他想抓住她的手。

他不敢，却又那么渴望。

他迟疑一下，还是一把拉住了她的手。这是一个天真未凿的女孩的手，很柔软，很温暖。少原的心一阵颤抖，跟着手也有些颤抖，一种奇妙的感觉从他的体内升起。他有些昏醉，毫不犹豫地将她拉进了怀里。她轻轻地闭上眼睛，靠在他的怀里一动也不动，好像完全忘记了自己。

他用手抚摸着她的脸庞，听着她温柔而细长的呼吸，闻着从她发间散发出来的气息。少原忽然变得野蛮起来，两只手抖抖索索地去解她绸衫上的衣扣。她打了个激灵，一下从他的怀里挣脱出来。

少原羞愧地低下头去，他开始为自己刚才的做法感到后悔。

她用手拢了拢有些散乱的头发，看着他说："我们回去吧。"

少原低着头说："再待一会吧?"

紫薇察觉到了他情绪的变化。

她轻轻地靠近他，双手勾住他的脖子，将柔软的身躯贴了上去。

当两个人的身体贴在一起时，少原足有片刻时间失去了记忆，甚至感到了一种窒息。他战战兢兢地伸出了手，从她的胳膊下面伸过去，用力把她抱住。

他的脸颊紧紧地贴着她的脸颊，不住地喘息着。

她湿润的唇凑近他的耳边，小声说："以后白天不准看我……"

少原捧起她的脸，毫无顾忌地，聚精会神地看着她。

她笑了，羞涩轻轻拢上了脸庞。

四

再有一个多月就要高考了，班上每一个同学都争分夺秒地复习功课。

一连两天，紫薇都没有去学校。少原的心里十分焦急，坐在桌子后面怎么也收不回心来。他不时向窗外望去，但始终不见紫薇的身影。

教室里没有紫薇，少原就神不守舍，什么也做不下去。

下午上完第三节课，同学们纷纷走出教室。

他实在忍不下去了，一个人离开了学校。他直接去家里找紫薇。紫薇不在家。他又来到刘长旺开的铺子前，只有紫薇母亲一个人在收拾案板，还是不见紫薇。

少原很失落，无精打采地向学校走去。越走越没力气，他终于停了下来。

他想起了去年春天他第一次见到紫薇的地方，心中一下升起了希望，就好像又看到了茶山坡上那缥缈的红衣衫。他急切地向前走去，不一会儿就走出了镇子。

走着走着，他又有些犹豫，天这么晚了，紫薇还会去茶山吗?

不！她一定会在那儿，我一定要找到她。

五月的山野一眼望不到边的绿，茶山坡上，他发现了她的身影。少原实在是抑制不住内心的激动，不顾一切地奔到她面前。

她的表情虽然很平静，但少原仍能感到她压抑的内心。

他焦急地问：“让我好找！你怎么跑到这里来了？”

紫薇看了看他，低下头，没有回答。

少原只听紫薇说她的继父不想供她去上大学，但并不完全知道她到底有什么委屈和心事，于是有一搭无一搭地说：“这次模拟考试你比上次又多了两分，排名……”

紫薇确实是听到了少原这句话，但马上就转过身去。

少原看着她的后背，不解地问：“你今天这是怎么了？”

她的眼泪止不住就滑下来了。

少原转到她的面前，望着她，不知再说什么好。

过了好一会儿，她仍旧是低着头，眼睛望着自己的足尖，一句话也不说。

少原小心地问：“你为什么不去学校？”

她还是没有回答他，慢慢垂下腰，从地上掐下一枝很好看的小花，在手指间旋转着，眼睛却看着别处。

少原说：“不管怎样，还是先回学校吧！时间已经不多了！”

又过了好半天，她轻轻地叹了口气说：“这是不可能的了！我继父说了，即使我考取了也不会让我去上学！”

“还是走一步看一步，也许到时候你继父还会改变主意的！”

紫薇轻轻地摇摇头，自言自语地说：“你还不了解他！”

少原呆呆地望着她，一时不知所措。他既为紫薇的不能去学校而焦虑，又为自己不能从根本上帮助她而感到难过。不过他还是鼓励紫薇说：“不到最后你绝不要轻言放弃，那样太可惜了！”

紫薇望着远处的山峦，没有回答。

紫薇到后来也常常为少原对她的关心而感到欣慰。

她扔掉手里的那朵小花，目不转睛地望着少原，一双清纯的眼睛充满了迷茫。

少原望着紫薇苍白的脸颊，心里更加黯然。

她两只长长的胳膊无力地垂在自己的身前，一副无依无靠的样子。他又向前走了两步，伸出了自己的手。

她又流泪了。

少原小声地说：“别这样，还没有到最后……”

她慢慢抬起头，看了一眼少原，乖巧地伸出了一只手。他拉起她的手，她的手凉丝丝的，太柔软，太稚弱了，且索索发抖。

不远的田埂上，几只吃饱了的山羊正悠然地向镇子的方向走去。少原说：“我们回去吧!”

紫薇迷茫地望着远方。

他牵着她的手，一起往回走。

太阳落山了，余霞洒在他们脚下的草地上，好似一道绯色的薄纱。

紫薇终是没能参加这一年的高考，继父刘长旺偷偷地撕了少原给她送来的准考证。就在高考的两天里，紫薇将自己关在屋子里，不吃也不喝。

两天后她出来时，整个人瘦得就像风中的枝条，瑟瑟地发抖。

秋风乍起，天蓝得出奇。紫薇的心情却不像天空那样明净，她很少走到户外，脸颊也少了往日的红润。

这天，少原去了学校，从班主任手里拿到一所师范大学的录取通知书。他想起了没能参加高考的紫薇，心中的喜悦一下子消逝了。回家的路上他想去看看紫薇，但却越走越没力气，最后还是决定不去看她。

紫薇还是知道了少原考上大学的消息。那天小静过来看她，告诉她好几个考上大学的同学的名字，还特别向她介绍起了少原。紫薇显得很平静，短短不到两个月，她好像是已经把他们给忘记了。

少原并没有忘记紫薇，他还是去了紫薇的家。那天紫薇和母亲正在院子里干活，少原没有机会和紫薇单独说话，待了一会儿便离开了。

再过几天少原就要上学去了。离开花溪镇前一天那个晚上，少原怎么也平静不下来。难道自己和紫薇真的就此分手了吗？从此和她就再也没有什么关系了吗？少原的心里乱糟糟，没有一点头绪。她想去找紫薇，想和她说点什么，却又想不出要说什么，一个人躲在屋子里，站也不是坐也不是。

但，他还是决定再去找紫薇，也许此时的紫薇正在等着他。他来到紫薇家的门前。紫薇的窗子敞开着，但没有灯光。

少原站在大街上默默地望着那扇窗子，心里盼望着那扇窗子里能够亮起灯光，灯光下能出现紫薇的身影。结果却是令他失望，那扇窗子不但没有亮起灯来，而且又很快地给关上了。

少原抬头望了望天，黑漆漆的，布满了云，过一会儿可能会下起雨来。他慢慢往回走去，走着走着，又走了回来。反反复复，这段不长的路他不知走了多少遍。

第二天，淫雨霏霏。下午，少原在一群人的簇拥下来到了路边的停车场。细雨中他一眼就发现了那件红色的短衫，紫薇站在一边默默望着他。雨中的她显得那样单薄，勉强的笑容掩饰不住她内心的凄凉；尤其是她那迷茫的目光，更是让人悸动。

少原放下背包向紫薇走去，紫薇也向他走来。

他们单独站在一边。少原的心微微作痛。

对上大学抱着各种各样幻想的紫薇看着少原，嘴唇动了一下，像是要说什么，却又没能说出来。

少原对紫薇笑笑："谢谢你来送我。"

紫薇把眼泪吞进肚里，朝他点点头。

"我们到那边去吧。"少原指着旁边存放自行车的小棚子，那里也站着一群躲雨的人。

"好吧。"紫薇答应一声，跟着少原走了过去。

雨渐渐大了起来，铁皮盖的棚顶在往下漏水，他们往里面躲了躲。

少原小声问紫薇："你在想什么？"

“没想什么……”她的声音有些发飘。

少原转过脸去看着紫薇。

紫薇两手抱在胸前，两眼迷茫地望着棚檐上流下的雨水。

少原泛起一丝怜悯：紫薇今后又该怎样呢？他看了一下周围的人，没有人注意他们俩。

他往紫薇身边靠了靠，说：“你今后还有什么打算吗？”

紫薇听了，心瑟瑟发抖。她此时还不能理解少原这句话的真正含义，只是有些心酸，觉得自己和少原的距离已经很大了。她转过身不敢再看少原，生怕忍不住那即将夺眶而出的泪水。

他们不再说话。

时间到了，那边有人在和少原打招呼。少原答应一声，对紫薇说：“我得走了。”

“走吧……”

紫薇目送少原向路边走去，在人们的催促下少原上了汽车。

汽车开动了，一段岁月宣告结束。

紫薇望着汽车开走的方向，一种冰冷的感觉从她的心底升起。少原走了，他上了大学。紫薇为少原高兴，同时也为她和他之间的差距而痛苦。再见面时少原会是一个什么样的少原？他还会像从前那样在乎她吗？紫薇不知道。

也许从今以后她就永远失去少原了。

前来送别的人都走光了，雨打在路边的树叶上沙沙地响，停车场显得很清冷。丝丝凉意不断向紫薇袭来，她打了个寒战。

她慢慢往回走去。经过一家音像店的门口，紫薇听到了一首熟悉的老歌：

你曾经对我一往情深
我也曾经对你一片痴心
奈何晴天掀起了风雨阵阵
使我俩离分
你却丢下了我不管也不问
纵然遇见了也变成陌生的人
我已付出真情，也爱你这么深
却留不住你的心

你曾经给我一份真情
我也曾经给你一颗真心
奈何情海掀起了波涛阵阵
使我俩离分
你却丢下了我不管也不问
纵然遇见了也变成陌生的人
……

紫薇原本就悲伤的心情被这伤感的歌声再次感染，她再也按捺不住，哭着跑开了。

五

在少原上大学最初的几天里，紫薇整天都在想他。没有什么事情可做，她整天把自己关在屋子里，盼望着“十一”长假的到来，那时少原就可能回花溪镇住上几天。然而让她失望了，这个“十一”少原没能回来。

秋天到了，地里的庄稼开始收割，一家一户像剃头一样地割去自己地里长着的庄稼。几天后，原本就开阔的田野一下变得更加开阔，满地都是放倒的庄稼。枯黄的落叶，一天比一天加深的凉意，让人心中有了凄凉的感觉。

看着青葱般的紫薇，刘长旺心里老大不自在。一块嘴边的肥肉就是吃不到，刘长旺是十足的恼火，整天阴沉着脸，无缘无故地就发脾气。

刘长旺总是能做出一些让人意想不到的事情来。

一天晚上，醉醺醺的刘长旺回到了家里，开了门，直接走进了紫薇的屋子。浴后的紫薇坐在镜子前，仰着脖颈正在梳理头发，刘长旺眼睛瞪得铃铛大小，死死盯着紫薇。

紫薇被他盯得难受，站起身要向外走。

刘长旺挡住紫薇的去路。

紫薇冷着脸，从刘长旺身边绕过。

刘长旺想伸手拉住紫薇，可他没敢。

紫薇一头扎进母亲的屋子，看见母亲，鼻子一酸，差点儿流下眼泪。

杨秀芳赶紧从床上伸出手，把女儿拉到床边，说："刚才还好好的，这会儿怎么了？"

紫薇不说话。

刘长旺在紫薇屋里站了一会儿觉得没趣，便走回自己屋子。见紫薇低头站在床边，刘长旺拉过一把椅子，在这娘俩旁边坐了下来。

紫薇转了一下身，背对着刘长旺，娘俩谁也不说话。

机会来了，刘长旺的目光从上到下毫无顾忌地在紫薇身上游荡，女孩曼妙的身姿让他看了个够。刘长旺的品行就是这样，体内的原始而自然的欲求是根本无法满足的。

刘长旺就在自己身后，紫薇觉得有些不自在，说："妈，我想一个人出去……"

"天要黑了，你要上哪儿去?"杨秀芳问。

"你不用管!"她出奇的坚决。

杨秀芳心里清楚又是刘长旺惹了祸，招来女儿的憎恨，她看着紫薇不知如何是好。

紫薇转身要往外走。

杨秀芳一把拉住，"紫薇，你就不能让妈省点心……"

紫薇挣开杨秀芳的手，说："妈，我的事你就别管了!"

刘长旺憋不住了，一旁说："怎么？翅膀硬了，是不是?"

杨秀芳看着紫薇，"紫薇，别使小性子，啊!"

紫薇："妈！你想错了，不是我没事找事……"

刘长旺涨红了脸，恨恨地说："没人惹着她，是她自己享福享够了。"

杨秀芳小心地望着丈夫，没说话。她生怕不知哪句话说错了把事情给闹大。

紫薇对刘长旺说："明天我就搬出去，这里不是我能待的地方。"

刘长旺急了，站起身，一巴掌拍在旁边的桌子上。桌子上的茶盘跳了几下。

"要走今晚就走，没人拦你！就算我白养了你这么个没良心的东西!"

紫薇看着刘长旺，目光带着少有的蔑视，"别以为你自己是多么高尚，离开你我心里会更踏实。”说完，往外就走。

杨秀芳一把拉住女儿，对着刘长旺说：“她爹，千万别跟小孩子一般见识，她还小，不懂事。求求你!”

刘长旺：“小什么小？她心里什么不知道!”

杨秀芳：“不管怎么说，她毕竟是个孩子。”

刘长旺“哼”了一声说：“孩子，她哪里像个孩子?!整天哭丧着脸，见了我更是没个好样子，也不知我把她咋的了？”

紫薇恨恨地说：“你心里比谁都清楚!”

刘长旺有些挂不住，大声骂了出来：“清楚你妈那个×！供你吃供你穿，到头来还没供出你一个好样子来!”他一边骂一边举起了拳头。

紫薇打了一个哆嗦，没想到这个屠夫会对自己动粗。她屏住呼吸，瞪眼望着刘长旺挥起拳头。

一见局面难以收拾，杨秀芳立刻转身往外推紫薇，嘴里没头没脑地说：“你就是个不懂事的孩子，还不赶紧走，该干啥干啥去。”

紫薇被恨把持着心灵，站在那一动不动，冷着脸就是不给刘长旺好脸色。

杨秀芳没能推动紫薇，又急又怕，站在两人中间，两条腿不住地抖。

动不了紫薇，刘长旺把一肚子的怨气撒在了老婆身上，攥紧拳头，破口大骂：“操你妈的！没想到我刘长旺养了你们两只白眼狼。你们给我滚！一起滚!”

杨秀芳被骂愣了，瞪眼望着，一句话也说不出来。

刘长旺揪住老婆的胳膊就往外拖。紫薇急了，直奔刘长旺。

杨秀芳见势不妙，用力挣脱刘长旺，抓住紫薇。

紫薇想从母亲手中挣脱出来却没能成功。急得她面红耳赤，说："妈，我实在是没法和这样的人在一起生活。他不配做父亲！"

杨秀芳哭了，她没想到女儿一下子会硬气起来。得罪了刘长旺，她们娘俩今后的日子怎么过？

刘长旺更来了脾气，骂得更凶了。

"我早就知道这小杂种有一天会和我翻脸！越是恩养她，她就越是不知好歹。快点给我滚，滚得远点。看见她我就来气。滚哪！滚哪！"

杨秀芳哭得十分伤心，几乎背过气去。紫薇见了，很是不忍，一下跪在母亲面前，恳切地说："妈，你千万别哭了，都是我不好。其实我爸对我也不错，是我自己不争气，我只是想早一点出去挣点钱养活自己。"

母亲明知这是女儿违心的话，非但没有止住哭泣，泪水却越来越多了。

紫薇慢慢站起身，紧紧地握了握母亲的手，转身向外走去。

杨秀芳拖着哭腔叫了声："紫薇，你回来！"

刘长旺对着紫薇的背影喊道："叫她走！叫她走！走了就别回来！"

第二天上午，紫薇从家里搬了出去。

她暂时住到一个同学家里。

刘长旺听说后，二话没说就奔回了家里。他把雪亮的杀猪刀和油渍麻花的围裙往地上一丢，转身把门关上，从角落里操起了一根木棍。

不一会儿，屋子里就传出了杨秀芳的惨叫声。

刘长旺打累了，坐下来歇息。杨秀芳趴在地上，大口地喘气。

过了一会儿，杨秀芳恢复了一点气力，想要从地上爬起来。刘长旺见了，扑过去将杨秀芳按在地上，又是一顿狠揍。

杨秀芳哭叫着问他这到底是为什么。

刘长旺咬牙切齿地骂道："是不是你把她给弄走的?！成心和我过不去！"

杨秀芳停止了流泪，睁开眼睛望着自己眼前这个屠夫，绝望地叫道："今天我才真正看清了你……"

从这天起，打老婆成了刘长旺的家常便饭，每隔几天他的屋子里就会传来杨秀芳的哭叫声。邻居们不时地围在他家的大门外，一边向院子里张望一边小声议论着："为什么这样打呀?""就因为她那个女儿从家里搬了出去！"

一天黄昏，刘长旺的屋子里又传来了杨秀芳的哭叫声。几个年轻女人听了十分不忍，小声骂了起来。

"缺了八辈子大德的刘长旺，就该让他打一辈子光棍！"

这时门开了，油渍麻花的刘长旺瞪着一双血红的杀猪眼，将手里的棍子往地上一扔，对着看热闹的人大声嚷道："看什么看！"

站在大门口的人呼啦一下四散开去，刘长旺头也不回地走出了院子。

过了一会儿，就有人看见杨秀芳从门里伸出一只手来，接着又看见杨秀芳爬出了半个身子，她两手抓住门框摇摇晃晃地想爬起来。她挣扎了几下，又摔倒了，看来她的身子已经不听使唤了。一个年纪稍微大一点的女人急忙跑过去，她揪心地看到，杨秀芳的嘴里流着血，好像几颗牙齿已经断了。那女人好不容易才把她弄到了床上。杨秀芳已经哭不出声来，两只眼睛肿得只剩下一道缝。

第二章 蒋少康（一）

一

紫薇跟着看大门的老高头走进校长蒋少康的办公室。

老高头率先向蒋少康介绍起了紫薇。蒋少康摆摆手，说："不用了，这我早就认识，几个月前她还是我这里的学生……"

蒋少康身材高大，衣着得体，举止洒脱，完全是一副成功男人的形象。但从来没有人看见他有过胡子。不过，从他那发青的两腮和下巴上看，他原本是有着十分旺盛的胡须的，只不过每天都给他刮去了。他虽然已经过了四十岁，看上去却依然很年轻，沉稳的外表下是一颗骚动的、永远也安分不了的心。此时，他坐在第一中学办公室的沙发上，望着站在自己面前的紫薇，脸上带着少有的笑，看来今天他的心情要比往日好。几个月前自己赞许的这个有名的才女没能进入大学，今天却成了自己学生食堂里的临时工，蒋少康别有一番滋味在心头。

蒋少康一边看着紫薇，一边对老高头说："你先带她去住处，一会儿再告诉夏慧一声。"

老高头不停地答应着，转身要和紫薇离去。

“等等!”蒋少康关切地对紫薇说：“你刚来，今天就不必去食堂干活了，先安顿下来，收拾一下屋子。”

紫薇心中一阵感激。

蒋少康微笑着。

报到之后，紫薇提着行李走过近百米长的一段砖路，找到了后面的工友宿舍。宿舍的门全都上着锁，显得很静寂。这时老高头找来了钥匙，打开一间宿舍的门后，紫薇将行李搬了进去。老高头随后留下钥匙也走了。

屋子里只剩下紫薇一个人。虽然她在这所中学里上过学，但从来没来过这边，这里的一切都显得很陌生。

这是一间不大的小屋，仅有一张单人床和一个脸盆架，地上还放着没来得及被人拿走或是被丢弃的一些杂物。不管怎样，她很满足，从现在起她有了一个暂时可以栖身的地方，这里没有纠缠，从此她不再会有提心吊胆的日子。

她推开门窗，开始打扫屋子。

深秋季节，阳光从窗口照进来，屋子里很温暖。紫薇偶然往外一瞥，见到窗前跑过几个和自己差不多一般大的学生，他们手里拿着铁锹和扫帚。一位老师双手插进裤兜，直挺挺地站在一边，看着学生们在打扫院子。

那些晃动的身影吸引了紫薇的目光。她扔掉手里的笤帚，站在窗前去看他们。几个月前，紫薇也像他们一样忙忙碌碌地进出教室，而今天她却不能再和他们走在一起了。紫薇就像在牢笼里憋了几十年似的，心里一下有了一种模模糊糊的孤独感。

这真的使她很难过，她还是第一次品尝到失去的滋味。

她看厌了，转过身去安顿自己的行李。她先找出一块有栀子花图案的方布挂在门上遮住那上面的玻璃，然后将行李铺开，一个人躺在单人床上发呆。

这季节，一个人待在宿舍里是很难熬的，她躺了一会儿又坐起来，下了床往外走。

她站在门口去望那些学生。学生们正有说有笑地干着活，灰色的院子里充满了活气。

下课的铃声响了，干活的学生们拖着手里的工具涌向前面的仓库，在那里丢下手里的工具，又向教学楼扑去，不一会儿工夫，院子里就没了人影。

紫薇抬起头，看了看天，已经快到中午。她想起了蒋少康刚才说的话，第一天上班她可以不去食堂干活，先安顿下来……

紫薇心里又泛起一股暖流，过去从来没有人这样对待过她，紫薇一下找到了自我，整个躯体洋溢着勃勃的生机。她知道中午是食堂一天里最忙碌的时候，那里正缺人手。她转身锁好门迅速向食堂走去。

花溪镇第一中学是远近闻名的重点学校，占地面积很大，学生很多，光是食堂就外雇了三位专门做菜的大师傅、两位做饭的大嫂，还有一位二十六七岁长得十分漂亮的女保管——夏慧。

紫薇对夏慧并不熟悉，只是过去在校食堂吃饭时看见过，听同学说她不是本地人，是一个单身女子。

夏慧仔细打量着紫薇，努力搜寻着记忆中的印象，半天才试探性对紫薇说："你就是那个学习成绩最好的才女……"

紫薇一下红了脸，一时不知说什么才好。

夏慧叹了口气说："太可惜了！来这里干活，委屈你了。"她拉着紫薇的手来到两位做饭大嫂身边，说："先让她跟着你俩学着做活吧！"

紫薇的到来着实给单调沉闷的食堂带来了一丝活气。她脸上那天真甜美的笑真的让人感到愉悦，餐厅也一下子明亮起来，满是油烟的灶房空气也清新了许多。由于多了一个人手，这里的每个人都觉得自己轻松了不少。

不过，这一切在一个月后就发生了改变。

一天下午，紫微和夏慧先后被蒋少康派人从食堂给叫走了。刚刚忙完各自该干的活计，工友们便凑到一起聊天。没过一会儿，夏慧先走了回来。她一下伏在桌子上，很可怜地哭起来。大家不知道发生了什么事，一起围了过来，七嘴八舌地劝了好半天，夏慧才止住了哭泣。

又过了一会儿，紫薇和校长室的一位干事走了进来。大家一眼从紫薇手里发现了夏慧经常挂在手指上的那串保管室的钥匙，原来保管员的位子已经换了新主人。

那位干事简单交代了一下校长对紫薇的任命后便离去了。

从这天起食堂便成了一个风雨世界！这间不大的屋子充满了紧张和压抑，每个人都默默地做自己手里该做的活，从不多说一句话，好像几个原本就不认识的人凑到了一起似的。角色的互换，紫微和夏慧之间有了很深的隔阂，两个人谁也不搭理谁。尤其是夏慧很难适应这种落差，原来该紫薇去做的——如揉面、煮饭、摘菜、洗碗等活计全都归了夏慧。紫薇接管了夏慧所有的账本，每天只做一些米面果菜的保管等简单事情，一下就轻松了许多，而获得的薪水也比做杂活多得多。

夏慧整天阴沉着脸，心里的积怨在发酵，她终于憋不住了，锅碗瓢盆在她手里叮当乱响。一位大师傅看不下去了，叫她轻点儿。夏慧的火气特别大，竟然和那位大师傅吵了起来。一起做活的两位大嫂更是小心翼翼，只管低头干自己手里的活，劝都不去劝，唯恐连累上自己。

最初的几天里，紫薇保持着一种低调，不与夏慧计较。

一天上午，紫薇和一个工友从集上回来，刚刚走到食堂门口里面传来了夏慧的骂声，“她算是个什么东西，仗着自己脸蛋长得漂亮就去巴结那个老骚货，当上了管理员也不光彩!”接下来屋子里传来了“咚咚”的响声，好像是在用脚去踢柜子。

工友抢先一步，拉开门，走进去告诉夏慧。

短暂的平静。

紫薇站在门口，不知道自己该不该进去。

屋里又传来夏慧的骂声，“叫你浪！叫你浪！踢死你！谁怕谁呀?!”

紫薇的自尊心受到了极大伤害，脸一下涨得通红。她一把将门拉开，傲气十足地走了进去。

夏慧吃了一惊，赶紧闭上了嘴。屋子立刻安静下来，紫薇望着大伙，一句话也不说，她的气势让在场的每一个人都透不过气来。

紫薇的无声给了夏慧巨大压力，她站在装餐具的柜子旁低着头，脸一阵阵地发热。她从没有像现在这样狼狈过。

过了一会儿，她偷偷瞟了一眼大伙。大伙也都在望着她。

夏慧难堪极了，对大伙发起了脾气：“看什么看?!我又没做什么见不得人的事!”

紫薇走到夏慧面前，说话的声音不高也不低：“请你把话说清楚，谁做见不得人的事情了?”

夏慧心一横，也就抹下脸来，鄙夷地瞥了紫薇一眼，说：“谁做了谁自己心里清楚!”

“你真不要脸!”紫薇一下变了脸色。

见紫薇真的冲自己来了，夏慧爆发了，她一只手掐着自己的细腰，一只手指着紫薇的鼻子，大声叫道："就是你！就是你！就是你做了见不得人的事，踩着别人的肩膀往上爬，没羞没臊！"

紫薇上前抓住夏慧的手臂："别只是在这一间屋子里闹，有本事到外面去，让大家都瞧一瞧。"

她一边说一边往外拉。

夏慧死活就是不动，哭着说："我没有靠山，我不敢去……"

紫薇见她这副样子，心软了下来，从旁边拉过一把凳子让夏慧坐下，自己站在她的身边，不再说什么。

夏慧双手捂着自己的脸，呜呜地哭了起来。也许是她有太多的足以让她哭泣的理由，哭得特别伤心。

紫薇见了心中有些不忍，伸出手给夏慧擦去眼泪。

夏慧受了感动，伸出双臂紧紧地把紫薇抱住，哭着说："紫薇，对不起……"

紫薇的眼圈也红了："别哭了……"

屋子里的人几乎没有见过这样的场面，简直不敢相信自己的眼睛，刚才还是不共戴天的两个仇人，转瞬间又成了朋友。两位大嫂看得呆了，暗自庆幸过去没把自己给掺和进去。

二

紫薇梦中隐约觉得窗外有人在走动，心里便有了不安。她强迫自己清醒过来，看了看墙上的挂钟，时针已经指向半夜一点。

此时学校的大门已经被一把大锁紧紧锁死，整幢大楼里的人都在酣睡中，而且隔壁还有夏慧。紫薇心里的不安渐渐淡去，翻了下身又沉沉地睡了过去。

蒙胧中，紫薇感到有些窘迫，清醒过来后想去厕所。

她穿好衣服走出门去，通道旁的灯光毫无生气，疲倦地照着校园。几棵白杨的叶子已经褪尽，光秃秃的树枝在夜风下懒懒地晃动着。

当她从厕所出来往回走的时候，看到了让她心惊肉跳的一幕：那幢大楼旁边校长值班室的窗子忽然亮了一下。很快门就开了，一个女人从里面走了出来。

紫薇有些吃惊，那间屋子黑乎乎的，这个时候怎么会有女人从里面走出来？紫薇知道那是校长蒋少康在值班，可那个女人的身影却更吸引了她的目光。

她站在原地一动不敢动，瞪着眼睛去看。昏暗的灯光下紫薇还是看清了，那是夏慧，她正悄悄地向自己的宿舍走去。

紫薇大气都不敢出，直到夏慧从自己视野里消失，她才向前移动脚步。

回到宿舍，紫薇怎么也睡不着，眼前总是晃动着夏慧的身影。不知为什么自己的情绪十分低落，更多的是觉得夏慧很可怜。

蓦地，一种靠不住却又分明真实的感觉从紫薇的心中渐渐地明晰起来。几天来，蒋少康的关照一下子让她有了恐慌，她感到自己已经陷入了一场新的危机之中。

她闭上眼睛企图不再去想，可刚才看到的那一幕总是清晰地出现在自己眼前。她觉得自己的脸有些热，额上也有了汗珠，翻来覆去就是睡不着。黑暗中她坐了起来，可没坐一会儿就坐不下去了，于是重新躺下来。直到天快亮时困倦终于占了上风，她睡着了。

第二天，紫薇正在食堂里看账单。她又想起了昨晚发生的事情，抬起头去看夏慧。这时的夏慧正细眯着眼睛望着紫薇。当两个人的目光相遇时，夏慧却一下将目光从紫薇的脸上移开，多少显得有些不自在，让人觉得神秘而可爱。

又过了好几天，夏慧在保管室里找到紫薇，低声说："我要走了！"

紫薇并不感到突然，可心情却像被秋风扫过一样，升起一股悲凉。她拉着夏慧的手，半天才问："你要去哪里？"

夏慧的眼里有了淡淡的哀伤，凝视着紫薇，没有说话。她的目光慢慢扫过保管室的每一个角落，像是曾经有什么东西丢失在了这里。

紫薇看着夏慧，说："非得走吗？"

夏慧点点头，流泪了。

"是因为我吗？"

夏慧摇摇头。

紫薇有些不忍，说："还是别走了，我真的舍不得让你走！"

夏慧说："其实我早晚都是要走的！我只是有些放心不下你……"

紫薇的眼睛湿润了，她的心里很难过，但她一时还不能理解夏慧这番话的真正含义。

过了一会儿，夏慧向紫薇告辞，说要回宿舍去收拾自己的东西。紫薇要去帮助她，夏慧点点头，紫薇便跟了过去。

夏慧的东西不多，只装了三个塑料包。一切停当之后，夏慧将一只精巧的手提箱递到紫薇手上，说："这是我用自己第一个月的工资买下的，今天把它给你留下。不管我以后走到哪里，见了它你都会像见到我一样。"

紫薇薄薄的嘴唇微微抖动一下什么也没有说，张开双臂把夏慧紧紧抱在怀里。

她们不再说话，屋子里很是寂静。然而寂静中两个人分明进行着心语的交流。紫薇一双嫩而细长的手指轻轻滑过夏慧的头发，夏慧乖乖接受着紫薇的抚摸，心慢慢安静了下来。

过了一会儿，夏慧站了起来。她留恋地望着这间屋子，只见她两眼含泪，清如秋露。

紫薇紧紧抓着夏慧的一只手。

夏慧对紫薇说："那天夜里我从他那里一出来就被你发现了，其实我也看见了你。"她说话的声音很低，低得紫薇勉强能听得清。

紫薇满脸都是泪水。

夏慧接着说："那天我去找他就是想做一个了断，没想到他竟是一个无赖。我无法继续在这里做下去了，只能离开，在这样的人手下工作真是不幸。你千万不要步我的后尘，免得上那个混蛋的当！"

紫薇在她耳边轻轻地说："谢谢你！我都记下了。"

夏慧哽咽着说："其实在咱俩之间发生的事完全是一场误会，希望你别往心里去……"

紫薇双手抓着夏慧柔弱的肩膀，一双泪眼望着夏慧，切切地说："怎么会！"

过了一会儿，夏慧放开紫薇，看了看这间居住了两年的屋子，轻轻地叹了口气。紫薇心很凄楚，说："告诉我你准备去哪儿？将来有一天我在这里干不下去，好去找你。"

夏慧说："我想先回一趟老家，然后再去省城找一份工作。"

紫薇说："好吧！到时一定告诉我。"

夏慧说："一定！"

夏慧走了，去了一个完全陌生的地方。和紫薇相比，夏慧是幸运的，她未来的历史写成了另外的样子。几天过去了，食堂没有新的校工被招进来，紫薇隔壁的宿舍始终在空着。几乎每个夜晚紫薇都是在惶恐不安中度过的，她不知道未来会有什么事情发生。

在这个世界上不管欠的是什么债，债主都会上门讨还的，只是迟早而已。而有些债，更是不能拖得太久。

这是一个星期六的下午，大多数学生老师都放假了，紫薇也准备回家去看看母亲。

虽然是冬天，但并不寒冷，紫薇只穿了一件淡黄色的绒衫和一条咖啡色的长裤，将自己柔美的曲线恰到好处地展现出来。

紫薇刚刚来到校门口，一眼发现校长蒋少康站在前方不远的地方，像是在等着什么人。紫薇心里有了不安，步子也慢了下来。

当她硬着头皮从他身边经过时，蒋少康一下闻到了从她身上散发出来的化妆品和女孩身上特有的香气。他似乎并没有认真地看一眼从自己身边走过的这个青葱般的女孩，却用他那低沉而坚定的声音说："今晚等着我!"

紫薇虽然走了过去，可她还是听清了蒋少康那毋庸置疑的提醒。她的头一下子大了，感到了一种来自心灵深处的虚弱，就像偷了人家东西似的，心怦怦直跳。

她很快就回过神来，回头去看蒋少康，希望他刚才这句话是对别人说的。然而结果很是让她失望，远处只有蒋少康一个人向前走去，飘动的大衣像是老鹰的一对翅膀。

紫薇觉得很虚弱，在那里站了半天才往前走去，当她日后面对社会上一个又一个道貌岸然、背地里却肮脏不堪的男人时，无数次惊诧地想：其实他们比关在监狱里愚蠢的、猥琐的因为那件事犯了罪的人更可恨。

紫薇回到家里，心一下缩紧了。十几天不见，母亲清瘦了许多，脸色也更加苍白，躺在床上像是一只被掏光了的布口袋。

她坐在母亲身边，一下湿了双眼，问："这是怎么了?"母亲不说话，却抓住了紫薇的手，泪水大滴大滴地滚落下来。

紫薇望着母亲一句话也说不出来，她知道母亲是因为自己正在遭受刘长旺的折磨。他恨死了刘长旺，也恨死了蒋少康，甚至恨和这两个男人年龄相仿的所有男人。此时的紫薇还能做什么，只能告诉母亲好好照顾自己，盼望母亲早点好起来，而这种善良的期许在刘长旺的拳头下又是多么的苍白、无奈。

她本想陪母亲住一个晚上。当她恨的那个男人瞪着铃铛一般大小的眼睛死死盯着她时，紫薇狠狠心又走出了家门。

紫薇回到宿舍时天完全黑了下来。怕被人发现，她没打开电灯，一个人躲在黑暗里，既压抑又恐惧，心情糟糕到了极点。

她又想起了少原，自从他走后就再也没了联系。可她每日每夜都在思念着他，冬天来了，他冷吗？他吃饭了吗？他是不是又有了新的女朋友？他是不是把我忘了？紫薇猜度着，痛苦着。

夜在一点点地加深，整幢大楼的人都已经安静下来，紫薇的心却越来越紧张。她害怕夜，害怕夜色下幽灵般的男人。她依旧仔细检查了门锁，确信它绝对可靠后才回到床上。这样她的心还是感到不踏实，又从桌子上拿起一把水果刀，放在自己的枕头下，然后躺了下来。她依旧害怕，"今夜等着我"这句话像魔咒一样，无情地折磨着她。她又坐了起来，心想若是马上就天亮该多好。蓦地，她的心一下亮了起来。对！今夜就应该像白天一样过。她从床上跳下来，将屋子里所有的灯全都打开，整个屋子十分明亮没有一点黑暗。她又来到门口把门灯也都打开，整个宿舍外面一片光明，就像节日一般。

紫薇不再惊慌，此刻她晦暗的心情仿佛也被这明亮赶走。她相信这光明一定能够吓住那个暗处的幽灵。

一个夜晚总算平静地过去了。

天快亮时，紫薇迷迷糊糊地睡着了，没多久她又被外面的喧闹声吵醒了。透过天窗，她看见了灰蒙蒙的天空。她坐起来问外面望去，校园里已是白茫茫的一片，大地已经被雪给严严实实地包裹起来，几个低年级的学生正在窗下玩雪。

她伸了个懒腰，跳下床去关掉所有的电灯，接着又回到床上。她想在这个雨雪交加的时候，不受任何打扰，好好再睡上一觉。

她慵懒地躺在床上，望着灰暗的天空，不一会儿就睡了过去。没过多久，一阵急促的敲门声又将她从睡梦里拉了回来。

紫薇慌忙穿好衣服来到门口，看大门的老高头正站在自己的面前用粗哑的声音说："刚才有人送信来，说你爹病了，病得还不轻，让你马上去一趟镇上的医院。"

紫薇听了，有些不以为然，心底反倒升起一丝快意。

老高头走了，紫薇站在那里犹豫着。她每次看见刘长旺，就好像白日里见到鬼一样。她心里边很是不想去。转念一想，他毕竟是自己的继父，看在母亲的分上也还是应该去。

也许是周末，医院里的人不是很多，走廊里显得很冷清。雪白的墙壁让紫薇无端地感到寒冷，她沿着走廊向一间有人嚷嚷的屋子走去。

紫薇分开众人，径直来到病床前。只见母亲杨秀芳坐在病床旁边，正可怜巴巴地望着周围的人。此时的刘长旺面色青黄，眼睛微闭，脑后仅有的几缕头发干枯而凌乱，一身沾满泥水的衣服将雪白的床单弄得污秽不堪，蜷缩在病床上俨然是一个在痛苦中等待命运终结的可怜人。

原来早晨刘长旺在一家卖主家里捉猪时脚下一滑，跌在地上，断了一条腿骨。被人送到医院后，刘长旺便怪罪起那卖猪的汉子不该让自己伸手去捉猪，两人为了谁该花多少医疗费而争执起来。刘长旺一口咬定自己做了本不该自己做的活，那个卖猪的汉子理应多掏一些费用。那个卖猪的汉子觉得自己委屈，并不想多出，站在那里赔了许多好话，两人就是谈不成。最后那个卖猪的汉子只好将紫薇骗了过来。

一见紫薇，刘长旺马上来了精神，死灰样的眼神立刻有了光彩。他让老婆扶他从床上坐起，两手握着那条断腿，不住地叫起屈来。

紫薇看着他，涌起了一股刻骨铭心的快感，心里暗暗叫道："摔得好！摔得好！"

卖猪的汉子摊着手，现出一脸的无奈。

紫薇看够了，转身向外面走去，那个卖猪汉子也跟了出去。

不一会儿，紫薇和两位身穿白大褂的医生又走了回来，不见了那个卖猪的汉子。

刘长旺固执地捂着断腿，拒绝两位医生的诊治，大声嚷嚷着要与那卖猪的汉子好好理论一番。

紫薇鄙夷地看着刘长旺，挥手将卖猪汉子交给的两千元现金摔在刘长旺的怀里。

"这些够了吧！"她的话很简练也很简单，语气中带着坚定。

刘长旺一下闭了嘴，伸手抓过那叠钞票，慢慢数了起来。

紫薇厌恶地瞥了他一眼，转身走了出去。

此后的一个月里，刘长旺像瘫子一样倒在床上。杨秀芳小心地伺候在他的身旁，得到的回报是：一个月没有挨打。

镇子里的人每每谈论起这件事时都说："这个刘长旺简直让人没法说!"

让人没法说的刘长旺又重新站了起来，站起来的刘长旺又恢复了他原来的本性，对杨秀芳又开始了变本加厉的折磨。

三

几天过去了，紫薇并没有遇到什么麻烦。日子过得很平静，紫薇紧张的心情也有了放松，其实紫薇的这点小聪明在蒋少康眼里几乎是无谓的雕虫小技。

一天，蒋少康派人到食堂去叫紫薇。紫薇心里一阵发慌，愣在那里像一个小学生做错了什么事被人找上门来一样。

但，她还是站在了蒋少康面前。

"紫薇呀？快过来！坐下。"

蒋少康脸上带着笑，热情地和紫薇打着招呼，看不出他心里有一丝一毫的怨恨，那亲切就像慈父见到久别的女儿。

紫薇有些迷惑，开始怀疑那天自己的耳朵是不是听错了，甚至觉得自己是不是误会了蒋少康的一番好意。

蒋少康叫紫薇坐在自己身边，紫薇下意识地往后退了退，尽管这样他们还是挨得很近。蒋少康不仅感受到了这个女孩身体的柔软与温馨，也感受到了这个女孩身体的紧张与不安。

紫微低着头，一动不动地坐在那里，显得很不自然。

蒋少康给紫薇倒了一杯水，在紫薇伸手接水的一瞬，她看了一眼蒋少康。蒋少康那棱角分明的脸庞透着健康的黑红，一双温情的眼睛带着少有的迷幻，还有那挺直的鼻梁，圆润的嘴唇，叫人入迷。紫薇从未如此近距离看过蒋少康，过去这一切在紫薇的印象里都只是一个大致的轮廓。

蒋少康的目光停留在紫薇的脸上，紫薇的脸一下绯红。虽然是冬天，紫薇却觉得有些热。

蒋少康详细询问了紫薇家里和她自己的一些情况，接着又对食堂的工作做了一些指示。时间很快就过去了，蒋少康讲话大方、朴实、自然亲切，看上去绝对没有别的情怀。

临走时，蒋少康还特意嘱咐紫薇一定要多多保重身体，注意自身安全，有困难一定要去找他。

从校长办公室出来，紫薇长出了一口气，心情也轻松了许多，夏慧临走时说的那番话给自己心中留下的阴影也逐渐淡去。

春节快要到了，花溪镇中学大多数学生都已经放了假。只有几个准备高考的班级仍在上课，和往常相比整个校园显得有些空旷。

一天傍晚，紫薇刚刚洗浴归来，还没来得及收拾屋子，就听见有人敲门。

紫薇随手打开了屋门，蒋少康不待邀请，一步跨了进来。

蒋少康今天穿一件青色羊毛大衣，戴着一副黑色皮手套，围着一条薄薄的羊绒围巾，显得十分潇洒。

紫薇的宿舍干净、整洁，到处飘散着淡淡的潮湿的香气。浴后的紫薇别有一番味道，尚未梳理的头发散乱地垂在肩上，一张俏丽的富有童贞气息的脸带着几分羞涩几分含蓄，光着脚，趿拉着鞋，衣领的纽扣尚未完全系上，露出一小片丰白的胸脯，好似一枝刚刚出水的新荷。

蒋少康几乎看见了她胸前那一小部分的隆起。紫薇一下红了脸，立刻背过身去系纽扣。

蒋少康站在紫薇的背后，目光更加莽撞。紫薇欣长的脖颈、圆润的双肩、丰盈的臀部让他顿生心绪。

紫薇转过身来，看了蒋少康一眼，目光怯怯的。

蒋少康强压心里的躁动，脱掉大衣，自我解嘲地说："哎呀！到了你这一方天地，怎么还不请我坐呀！"

紫薇笨拙地拉过一把凳子，对蒋少康说："不知您来这儿，没收拾，您坐！"

蒋少康坐下来，仔细打量着这间屋子。他的目光停在了紫薇那张温暖的散发着女孩子青春气息的床上，那里有一条女孩的内裤。

紫薇臊得要死，上前一把将它抓在手里塞在被子下面。她的心一阵乱跳，再也没有勇气面对蒋少康。

蒋少康站起身，慢慢走到她的背后，说："你知道我今天来是为什么吗？"

紫薇回过身来，疑惑地望着蒋少康。

蒋少康的呼吸有些粗浊，像是刚刚从运动场上跑下来似的。紫薇心里有了惊恐和不安，下意识地向门口望去，希望马上能有人来到这里。

此时，蒋少康显得特别兴奋，紫薇身上那不绝如缕的气息让他有了一种迷乱的感觉。平日里他那威严的神态以及由于职务养成的庄重像一片微不足道的薄云，只一阵轻风就不见了踪影。

为了得到这个漂亮的女孩，蒋少康轻易地甩掉了夏慧。在他的眼里，无论紫薇还是夏慧，她们都是自己经营的这片土地上成熟的果实，自己什么时候想去收获就什么时候去收获。

蒋少康看着紫薇，眼神更加肆无忌惮。他从她的腿看起，一直看到她的脸，但最多是看她的胸脯。紫薇身上薄薄的绒衫无论如何也拢不住胸前那两座隆起，不管什么样的衣服只要穿在她的身上，胸前总是紧绷绷的。

蒋少康又向前迈了一步，说："看我给你带来了什么?"

紫薇发现蒋少康今天讲话的声音和眼神都有些异样，心中越发感到恐惧，不由得向后退了一步。

蒋少康从大衣口袋里掏出一个厚厚的信封，来到紫薇面前。一把拉过紫薇，硬是把它塞在紫薇的手里。

紫薇浑身一阵哆嗦，瞬间头脑一片空白，惊恐的眼睛紧紧地盯着蒋少康。

蒋少康微笑着，老鹰抓小鸡一样将紫薇揽进怀里。紫薇急中生智，用手一指门口叫道："不好！有人!"

蒋少康下意识地松开双臂，回头向门口望去。紫薇乘机一把推开他，迅速逃出了屋子。

惊魂未定的紫薇跑出了学校的大门。冷风一吹，她的头脑清醒了许多，原来蒋少康真的是一个善于把自己伪装成正人君子的色魔。夏慧和自己讲的一点儿都没有错，在这样的人手底下工作真的是不幸。

紫薇心里酸酸的，想哭却又哭不出来，只是觉得自己很可怜，很孤独，是天底下最不幸的人。

天完全黑了下来，紫薇还在街上游荡着。她不敢回宿舍去，也不敢回家里。她害怕蒋少康，也害怕刘长旺，就像胆小的人害怕暗夜里会出现幽灵一样。

但，她还是不得不回到幽灵出没过的那间宿舍。

夜深了，她战战兢兢地拉开了宿舍的门。屋子里静悄悄，蒋少康早就离开了。

紫薇关好门，长长地出了一口气。她想起了匆忙间被自己塞进被子里还没来得及清洗的内裤，伸手就去被子里面掏。掏了半天那东西居然不见了，被子里只有一个装满现金的大信封。

紫薇的脸色一下由红变白，站在那，心中满是愤恨。

四

那个装满现金的大信封成了紫薇的一块心病，让她吃不下睡不着，整天坐立不安。几次她想走进校长室，当着众人的面将它还给蒋少康，可一想起被蒋少康拿走的东西，紫薇就面红耳赤无地自容。

她恨蒋少康，恨蒋少康的道貌岸然，恨蒋少康的龌龊下流，同时也更害怕见到蒋少康。其实，在紫薇的潜意识里她几乎害怕所有这个年龄的男人。

紫薇不想把这件事拖下去，日子越久就越对自己不利。她终于鼓起了勇气，找了一个人多的机会敲开了校长室的门。

蒋少康正在向身边的几个人布置工作，一见紫薇，立刻站起身来和她打招呼，温文尔雅的举止与那天晚上如狼似虎的动作判若两人。

紫薇连看都不看他一眼——事实上她也真的不敢去看他——将手里的那个大信封放到了他的办公桌上。

“好！好！就放在这里吧。”蒋少康见了那个大信封，表情非常自然，就像他们早就约定好了似的。

紫薇头也不抬，转身向外走去。蒋少康望着她的背影，将那大信封一下塞进了抽屉里。

蒋少康心里十分气恼，脸上仍旧带着笑。他向身边的人简单地说了句：“就按刚才说的办吧！”然后从桌上拿起一张报纸，漫不经心地翻看起来。身边的人纷纷站起身向外走去，屁股后的椅子发出一阵乒乓声响。

蒋少康放下手里的报纸，两眼直直地瞪着光滑的桌面，一副极度疲倦的神态，心里却是狼一般地号叫着，“你等着……”

此后的许多天，紫薇一直都感到郁闷。她原本是一个自信开朗的女孩，可太多的伤痛与困惑一下让她变得消沉起来。

这个季节，早晨和晚上都很寒冷，中午时分太阳才给人们带来些暖意。

今天天气不错。上午，紫薇想出去走走，她沿着街道向镇子里走去。不一会儿她的眼前出现了一道新的场景：就是在那家歌厅的门口，她一眼发现了少原。

紫薇眼前一亮，急切地向他奔了过去。少原也发现了紫薇，立刻向紫薇走了过来，他的身后还有一个女孩。

紫薇刚刚燃起来的激情一下凉了下来，她开始审视着站在自己面前的少原。

几个月没有见面的少原多了几分清新和洒脱，眼神里也多了几分自信和豪迈；挺拔的腰杆，沉稳的步子显得随意而从容。

女孩从少原的背后追了上来，紫薇仔细打量着她。

女孩有着长长的秀发，高挑的身材，圆圆的小脸微微上仰，带着自信与飞扬。乌黑的眼眸溢满笑意，玲珑的挎包，时尚的打扮让她更显洒脱，一看就是个精灵般的女子。

紫薇望着他们俩，简直有些不相信自己的眼睛。她在心里一遍遍地问自己："这就是我一直深爱着的少原吗？"

少原也感受到了紫薇情绪的变化，脸上带着僵硬的笑，转身对身边的女孩说："愉，过来一下！这是我中学的同学，程紫薇。"接着又对紫薇说："这是我的同学，陈愉。"

陈愉向紫薇笑了笑，随即又看着别处，仿佛面对着的是商场里自己并不想买的一件处理品。

紫薇的感情已经变得很脆弱，想对少原再说点什么，却又没能说出来。

少原用手碰了下陈愉。陈愉始终是看着别处，丝毫没把注意力转到紫薇这边来。

紫薇认真看着少原。

少原冲紫薇笑了笑说："对不起，我们还有些事情……"说完拉起陈愉一起往回走去。

紫薇有些惊恐，足有片刻的失神。啊！原来自己和少原之间已经简单到一句"对不起"就可以离去的地步了。

望着少原和陈愉远去的背影，紫薇眼里的亮倏然间熄灭了，感到了一阵比一阵的寒冷，一种沁入骨头里的寒冷。少原的身影越来越小，在一个街口就从她的视线里消失了，一种久违了的荒芜感立刻涌上她的心头。是啊，他从来就没给过自己什么承诺，原来从他离开自己的那一刻起就不再属于自己了。

紫薇静静站在那里，那样子，像一座雕像。不过她的思绪却一刻也没有停歇。她知道今天的少原已不再是昨天的少原，那个在风雨之夜送自己回家的少原已经远去了，他已经有了新的同学，新的女朋友，而且又有充足的时间陪着他的女朋友去逛街，游玩，每天都处在兴奋与快乐之中。

她仿佛听到了少原和陈愉的笑声，心里一阵发虚，就像把一件比生命还要宝贵的东西丢失在了这里。

她低下头，不敢往他们俩刚才走过去的方向看。她眼前已是一片模糊，泪水在眼眶里打着转，可她就是不让它流出来。

过了好一会儿，她才从那种痛苦状态中挣扎出来。

她转过身，向镇子外走去。

前面就是花溪。花溪旁边不远的地方就是少原家的稻田，紧挨着稻田的山坡上就是紫薇家的茶林。冬天的花溪很沉寂，四周空无一人，遍地都是枯黄的杂草。紫薇不想去回忆那些尘封心底的往事，希望过去的一切化作一阵轻风，从自己的心底飘去，从此不再来。

旷野里的风吹拂着她的脸，她感到有些冷；风也使她的情绪和思想冷却下来。她觉得自己不该这样可怜巴巴地在屈辱中活着。她要让自己振作起来，让自己的每一天都放射出新的光彩。谁也不能藐视她。

紫薇的眼里一下放出光明来，她感到了从未有过的充实，充满了朝气。

紫薇挺拔地走回镇子，走得很气派。

五

紫薇从老出纳手里接过这个月的工资，数了数，发现少了许多。她站在那里，望着双鬓已经有了些许白发仍在埋头工作的老出纳，眼里带着疑问。

老出纳见她没有走，抬起头来说：“没错，校长交代的，就是这些……”

紫薇一下子红了脸，一句话也没有说，低头走出了财务室。

紫薇知道这是为什么，只是没想到蒋少康竟然如此卑鄙。她又想起了夏慧说过的一句话：“在这样的人手下工作真是不幸。”如今自己真的成了一个不幸的人。

“怎么办？是继续在这个混蛋的手下屈辱地干下去还是选择离开？可放弃了这份工作自己又能去哪里？难道真的还要回到刘长旺的身边吗？”紫薇心里一遍遍地问自己，这回她是真的没了主意。

她茫然地向前走去，眉宇间重重地罩上一层愁云。

她插在口袋里的手又碰到了那两把保管室的钥匙，这钥匙不正是自己不幸的开始吗？因为它，夏慧走了；因为它，自己每天都在忍受着恐惧的煎熬。她感觉那两把钥匙就是蛇的两颗毒牙，她一下缩回了手，不敢再去碰它。

最后，她还是决定去找蒋少康。

她找了一个没人的机会走进校长室。

屋子里只有蒋少康一个人，正伏在桌子上写什么。

紫薇不紧不慢，径直走到蒋少康面前。

蒋少康抬起头，见是紫薇，放下手中的笔，挺了挺身子。

紫薇脸上没有一丝的怨恨，神态高贵而美好。

蒋少康脸上也是一点表情都没有，他显然还没猜到紫薇的来意。

紫薇看着蒋少康，蒋少康也看着紫薇，但蒋少康并没有坚持住自己的目光，很快就将目光移到了别处。

他很快就摆脱了这种虚弱的心态，又恢复了平日里威严与庄重，低沉而果断地说："你有什么事吗?"

紫薇心中又升起了厌恶，眼前的蒋少康就是一个愚蠢的、猥琐的、吃东西牙齿都不利落的大笨蛋、窝囊废，这样的人是不应该做到校长位置上的。

可椅子上的蒋少康正端着领导架子，地地道道的一个成功男人形象。

紫薇将手里的钥匙往桌上一放，平静地说："对不起，我不胜任这份工作，请你把它收回去吧!"

蒋少康似乎有些意外。

"你说什么?"

"请你把它收回去吧!"紫薇将钥匙推向蒋少康面前。

蒋少康的脸色有些难看，眼睛里放出狠巴巴的光，盯着紫薇的脸，说："不识抬举……"

紫薇嘲笑说："校长请自重!"

蒋少康怔了一下，站起身来说："你不配和我这样讲话!"

紫薇两手交叉在胸前一句话也不说，看着蒋少康，眼里分明有了蔑视。

双方对峙着。

僵局，蒋少康的自尊心受到了极大的伤害，他忽然变得毫无灵气，一句话也说不出来，他已经完全没有了主意。

紫薇微微一笑，视线并没有从蒋少康的脸上移开。

蒋少康豪气殆尽，一下子坐下来。

紫薇满意了，但还没有马上离开的打算，她要好好羞辱一下这个男人。

蒋少康跌入了低沉、自卑，觉得自己此时的形象既矮小又灰暗，他已经无力保持自己应有的风度，抓起桌上的那两把钥匙，压低了声音说："你先把它拿回去，别要小孩子脾气。"

"还是把它交还给你吧，我是真的消受不起。"

蒋少康的脸色由红变白，抬头看着紫薇，狠狠地说："明天你就不用再来了！"

"校长真的以为我还会再来吗？"紫薇的话明显带着嘲讽与鄙夷。

蒋少康的目光黯淡下来，扭头看着别处，紫薇今天的举动着实让他感到意外，他不知道紫薇今天是哪里来的勇气，让自己陷入一种卑污的境地。此刻他所有的心计和心数全没了作用，呆呆地坐在椅子里一句话也说不出来。

望着眼前这个为人尊崇、为人谄媚的人，今天也是最窝囊的，紫薇心里一阵厌恶。她已经没了再和他争辩下去的心情，转身向外走去。

蒋少康望着紫薇离去的背影，目光带着少有的沮丧，那神态与平日从容老练、权谋达变的蒋少康判若两人。也许紫薇今天给他留下的记忆是一道永远也抹不去的心理创痕，让他初次尝到了遭人鄙视的滋味，同时他也体验到了什么是无奈与不自信。直至三年后的一个夜晚，当蒋少康和紫薇再次相遇时，他才从紫薇那里找回些许面子。

第三章　黄安

一

离开学校，紫薇来到一座东南沿海城市。

她在车站广场买了张地图，先对这座城市的街区做了些了解，然后找了家不大的招待所住了下来。

她必须尽快找到工作。她跑了很多地方，这座城市既给她绝望的感觉，又使她觉得前方有无限的希望。

三天过去了，她还是没有成功。临近春节，劳务市场冷冷清清，一些工厂和用人单位纷纷关门放假，辛苦劳碌一年的外乡人背着大包小包从这座城市的各个角落里冒出来，一齐涌向车站码头。整个城市完全笼罩在即将到来的忙碌而欢快的节日气氛中。

紫薇知道自己来得并不是时候，但她并不死心，渴望着好运的降临。

她每天都被无边的失望包裹着。

今天是除夕。夜幕降临，天空传来了连绵不断的爆竹声。紫薇像是受到了诱惑，来到了户外。抬头望去，五颜六色的礼花映照着城市的夜空，她有些眼花缭乱，不知不觉来到了街口。

马路两旁是黑压压的人群，前方一伙人正在燃放爆竹。“砰”的一声，一个爆竹从她身边拔地而起，大地似乎在微微震动。望着飞起的火星和陨落的灰烬，紫薇感到一种莫名的心酸。她想起了母亲，从小到大这是她第一次离开母亲，如今她怎么样了？她孤单吗？此时她在做什么？

她又想起了少原，想起了那个晚自习后的风雨之夜。那个风雨中送自己回家的少原，他在哪里？

一阵说不清的伤感涌上紫薇的心头，她心里说：“忘了他吧！就当一切都没发生过。”可她越是试图忘记他舍弃过去发生的一切就越是不能够。

她再也没有心情去看那涌动的人流和闪烁的烟火，眼下这喧嚣的场面和她毫不相干。无月的夜已将她的思绪拉回了过去，拉回那芳草萋萋的茶山，拉回那郁郁葱葱的稻田……紫薇摆脱不了这一切，件件往事照样在她的眼前演绎着。

明知道自己和少原已不可能，紫薇心里就是放不下。她的心就像是一条储愁蓄恨的袋子，里面装满了叹息、泪水、无奈和愁苦。

此时的少原，也许正和自己的父母守在一起，不！应该说是和他的女朋友守在一起。她背过身去，流泪了。

爆竹声越来越激烈，街道两旁高大的建筑在烟火的映射下闪现着不同的颜色，马路也被照得闪闪发亮。这是解除“禁燃令”后的第一个春节，这个夜晚这座城市的大人、小孩都陷入一种不同寻常的兴奋之中，而此时紫薇的心绪既纷乱又汹涌，既冷静又凄凉，没有人知道这个夜晚她该怎样度过。

夜深了，她的双脚有点麻木，周围的鞭炮声丝毫没有停歇下来的意思。她默默走回屋子，关上门，一下扑倒在床上。在这个孤寂的环境中，她的心越发荒凉冷寂。这个夜晚她一点儿睡意也没有，心中不知是懊恼还是悲哀，或者伤心。

这个夜晚终将给紫薇留下一份永久的记忆。

春节长假很快就过去了，城市里又出现了背着大包小包的乡下人。

这天，紫薇早早起来，想直接去一些店面碰碰运气。走在街上，望着通体被玻璃罩住的高大建筑，她有些眩晕。她不知道这些华丽的建筑是用来干什么的，又是什么样的人才能进入那里，她想不明白。

前面刚好是红灯，她在一处商场的大门口停下来。马路对面是一家装饰华丽的珠宝店和一家酒店。酒店门口两位身着旗袍、披着红色彩带的年轻女子，笑容可掬地向走来的每一位客人打着招呼，一辆辆锃光瓦亮的小轿车整齐地停在她们的面前。紫薇从心底发出一声叹息：世界原来是这个样子的！

一对时髦女子挎着玲珑小包，好看地扭动着腰肢从她的眼前经过。紫薇转身目送她们进入商场的大门。商场底层的玻璃橱窗内，几个身材修长的模特穿着时兴的套装，微微地向后倾着身体，漠视着马路上的每一个人。紫薇脸上一下有了悲哀，立刻把头低了下去。

整整一个上午，她跑了很多地方，都没有让她满意的工作可干。她有些疲惫，在一条长凳上坐下来，失望地判断着自己现在所处的位置。

她发现了脚下一沓被人丢弃的报纸，随手把它捡起放在凳子上，望着远方，默默地想着心事。

一张报纸被风吹起，在紫薇的身旁舞动着。紫薇一把将它抓住，风掠过薄薄的纸页，发出哗啦啦的声响，紫薇双手将它按在凳子上，漫不经心地看起来。

一则招聘广告吸引了她的目光，紫薇心中一阵欢喜，一口气看完了那则招聘广告。在确认了广告发布的日期后，紫薇急忙起身去寻找话吧，按照那上面留下的联系方式拨通了电话。

电话的那一端传来了一个湘北口音的男人的声音：“对不起，公司上午刚刚结束面试，你再去找一找别的用人单位吧。”

一阵冰冷的感觉从紫薇的心底升起，她的声音也有些颤抖。

“对不起！先生，我刚刚来到这个城市，你给我一次机会吧，我真的需要一份工作！”

对方并没有马上挂断电话，紫薇甚至还听到了他和另一个男人小声商量的声音。也许是那个男人在电话里听到了乡音，不大一会儿对紫薇说：“好吧！你现在就可以过来。”

这是一家经营电子、日化等产品的商贸公司，在经历了两轮筛选后，紫薇得到了一份促销员的工作。

明天要去公司报到，今天紫薇又开始为租房子发愁。公司每天中午只供应给员工一顿工作餐，员工的住宿都要自己解决。

市中心房子的租价都很贵，紫薇看了几家都不合适。她想起了和自己第二次去公司参加面试的几个女孩，也许她们也和自己的处境一样，如果几个人合租一套房子还是很划算的。

第二天，紫薇提前十分钟走进了公司的大门，她不敢给人留下一个不守时的坏印象。

当她见到那位人事主管时，发现身边还站着一个比自己大不了几岁的男生。紫薇虽然不知道他叫什么名字，却记得两天前自己来这里参加公司面试时见过他。

人事主管将紫薇和那个男生带到了公司的营业部，把他们介绍给了店面经理，紫薇这时才知道和自己一起被录用的这个男生叫黄安。

人事主管走后，店面经理将紫薇和黄安分别带到纺织品和家电货场熟悉产品，要他们尽快掌握产品目录和销售动态。

一切都是陌生的，紫薇必须从头学起。她必须用很长时间去适应眼前的一切。其实紫薇十分清楚论资历自己并不占什么优势，也许那位人事主管所看重的还是自己的外部形象，紫薇心中有些不安。

不过，她还是为能够找到这份工作而欣喜。

她很快就适应了这份工作，而且业绩还很不错，几天下来，案头上就有了订单。

几天过去了，紫薇还是为没能租到房子而烦恼。下班了，她刚刚走出营业部的门口，发现黄安站在前面不远处，像是正在等自己。紫薇向他走去，一直来到黄安的面前。

不待紫薇站稳，黄安抢先说：“我在这已经等你半天了……”

紫薇不解地问：“那……你一定是有事吧?”

黄安说：“是啊！我想问一下，你是不是想租房子?”

紫薇心中一动，表面上显得很平静，回答说：“是啊。”

黄安说：“这附近有一处出租的房子，如果两个人合伙租下来价格还算很便宜，我那里实在是找不到可以一起合租的人，所以来这里问问你……”

紫薇心里有些犹豫，对黄安说：“只是……只是不知道是什么样的屋子和条件?”

黄安看出了紫薇的心思，急忙说：“当然是两居室和一个共用厨房……要不，趁现在天还不算晚，我们先去看一看?”

紫薇想了想说："好吧。"

二

黄安与紫薇两个人都有着各自的生活轨迹，看起来毫不相干。不过，最近黄安身上发生了一场情变，很快他就把注意力转移到了紫薇身上。从萍水相逢到逐渐熟悉，他用的时间并不算长。

一个周末，从下午开始公司就放假了，黄安出差去了江西，紫薇一个人留在出租屋里。没有一个朋友，她要一个人打发这清冷的两天假期。

紫薇想一个人出去走走。这是一个极温和的好天气，午后的阳光照在脸上让人觉得很温暖，她的心情轻松了许多。

她百无聊赖地走在大街上……

她又想起了黄安，他有着颀长的身材和一张英俊的脸，可紫薇无论如何都无法想出他清晰的面孔来，只是觉得他很帅气。不过，她清楚记得他们刚刚搬进这个出租房的那个晚上。那天为了庆祝他们迁进新居，黄安约她一起出去吃饭，紫薇还是矜持地拒绝了。

在以后的日子里，紫薇陆陆续续地知道：黄安的老家在安徽南部一个很不错的城市里，他的父亲是一家律师事务所知名的律师，母亲是一家国企的会计，家境很不错。

几天后的傍晚，紫薇正在打扫屋子，门口传来了用钥匙开门的声音。紫薇停下手里的活，向门口望去。原来是黄安回来了。

几天不见，黄安脸色暗黑，大口大口地喘着气，简直像变了个人似的。

紫薇诧异地问："你……这是怎么了？"

黄安看着紫薇勉强笑笑，说："没什么！这几天有些累。"说完，他摇摇晃晃地进了自己的屋子。

紫薇有些不解，站在那里竟忘了手里的活计。

她提了提神，将自己手里的活做完，然后走回自己的屋子。躺在床上，紫薇的心却没能从黄安那收回来。

"他是不是病了？他有没有吃饭？我应该过去看一看他？"她坐起来却又犹豫了，"不！还是不去为好，虽然和他在同一个公司工作，却还算不上是一个真正的同事。可是他毕竟和自己同租一套房子，况且每天都要见面……"她站起来向门口走去，伸出手，可还没有碰到门上的把手却又停了下来，告诫自己说："还是算了吧！已经是晚上，自己过去是不是有些不大合适？"

她转过身，慢慢地回到自己的床边。她的心还是静不下来，"看他的样子真的是病了，而且像是不轻，我还是应该过去看看他，哪怕是过问一下也算是尽力了。"她不再犹豫，急切地走出屋子，来到黄安的门口，轻轻地叩响了屋门。

半天没有人答应。紫薇心里一阵紧张，用力推开了屋门。

门开了，紫薇向里面望去，黄安正趴在床上小声哭泣着。紫薇有些尴尬，不由自主地退了出来。

原来黄安并没有生病。

紫薇重新回到自己的屋子，一个人站在窗前默默地向外望去。没有风，窗外梧桐树的叶子也一动不动。远处是一群高大的灰色建筑，它的背后是一片雾蒙蒙的天空。

看着看着，紫薇的眼里又多了一丝惶惑、一丝茫然、一丝伤感。

她又想起了少原。心里一遍遍地想：他现在哪里？他在做什么？

她又在心里一遍遍地告诫自己，还是赶快忘了他吧！不能再这样下去了！这样不但不能使自己摆脱痛苦，相反会使得痛苦越陷越深。

她赶紧下楼来到外面的草坪。暮色中，紫薇的脸颊显得有些苍白，眼里转动着晶莹的泪珠。

黄安并不是真的病了。大学一年级，黄安就和同学许菁确立了恋爱关系，毕业一年多来，女友许菁渐渐地和他少了联系。这次，黄安在完成了公司交给的业务后顺路去了南昌看望在一家电子技术公司工作的许菁。见面后许菁很客气地在当地一家很有名气的酒楼请黄安吃饭。黄安忽然发现一年没见面的许菁身上发生了很大的变化，言谈举止和在大学里的那个许菁简直判若两人。

许菁详细询问了黄安的近况并明确告诉他自己已经有了新的男朋友，而且已经正式住在了一起。一种遭人遗弃的感觉立刻从黄安的心底升起，他本来很帅气的脸一下变成了苦瓜相，望着许菁，像是一个做错了什么事的小孩，眼神里充满了渴望和乞求。

许菁没有看黄安，哪怕是一个安慰的眼神。

沉默！

过了好半天，黄安小声说：“我能知道他是干什么的吗？”

许菁犹豫了一下，说：“其实你没有必要知道。”

接下来他流着泪乞求许菁改变主意，并说他并不在乎她是否已经和那个男人生活在了一起。许菁笑了笑说这一切已经无法更改。就在黄安趴在桌子上泣不成声的时候，她起身去吧台悄悄地结了账，头也不回地离去了。

当他抬起头满屋寻找她的时候，许菁早已不知去向。神情恍惚的黄安呆呆地望着自己对面的另一只酒杯，杯子里剩下的半杯红酒还散发着淡淡的浓香。他端起那只杯子，怔怔地望着杯子里剩余的红酒。这是半杯被人喝过的红酒，半杯被人糟蹋的红酒，半杯被人抛弃的红酒。蓦地，他心里被人遗弃的感觉化成了一种恨意。或许是酒精在自己体内起了作用，他的脸一下涨得通红，心也在一阵阵地发颤，他咬咬牙，用力将杯子里的红酒泼在了地上。

他晕头涨脑地走出了酒楼。他不知道自己接下来要去哪里？或者该去做点什么？只是一个人沿着马路漫无目的地向前走去。

酒意上头，他蜷缩在一家商场的台阶上，昏昏沉沉地睡了过去。很快又醒来，听到男人和女人在他的背后说话："活像头猪，睡觉也不挑个地方？""就是嘛！一头挡道的猪。"

他的心一颤，想要发作，却又不敢发作，也没心情发作。他揉揉眼，慢慢站起身，低着头走开了。他感到自己很卑微，很可怜，也从来没有像今天这样狼狈过。

马路边上缠绵的男男女女再次刺激了他那本来就很脆弱的神经。他强忍住泪水，可身子还是不停地战栗。他真的想找一个没有人的地方痛痛快快地哭上一通。

他想起了自己和许菁在大学里交往的那段日子。许菁是从乡下走出来的女孩子，家里并不富裕，从大学二年级开始，他就名副其实地成了她的钱袋。她什么时候想去掏，就去掏；想掏多少，就掏多少。这个漂亮的女孩在他实实在在的资助下平淡的衣着越来越时髦，恬静的眼神也越来越荡漾。黄安感到自己很幸福，想的是如何去把这朵娇嫩的花拥入怀中细细地去呵护。投桃报李，大学校园外的许多出租房里许菁也的确给了黄安许多难忘的体贴。

事情就是这样，临近大学毕业，严峻的就业形势让许菁和黄安都有了恐慌。看得见平日里那些成双成对爱得死去活来的男男女女们一个个地分了手，于是他们约定：不管怎样一年后两个人就必须得结婚。幸运的是许菁在南昌这座就读的城市里找到了一份满意的工作，而黄安在经历了两三个月不成功的努力后不得不离开了这座城市。

分别前的那个夜晚，在宾馆房间的大床上，一通缠绵过后，黄安轻轻地抚弄着她的秀发说："菁，假如过了一两年我们真的不能在一个城市里找到工作，你还会等我吗?"

她撮了一下他的鼻子，娇嗔地说："说什么呐！从大二开始我不就成你的人了吗?!"听她这么说，黄安兴奋地再次扑到她的身上。

黄安无精打采地向前走去，这是一个阳光明媚的好天气，不过他此时的心绪却是异常的苍凉与悲伤。

此后，他失魂落魄了好几天。当他从南昌回到公司再见到紫薇的时候，很快又恢复了往日的神采。他依然潇洒，在紫薇的身边荡来荡去，仿佛他和许菁的事情根本就没有发生过。

三

黄安从未有一个时刻这样地庆幸，自己能遇到紫薇。他甚至不需要知道她的经历、见闻、所爱，只要她的那份惊人的艳丽就足够了。

他主动向紫薇示好是在"五一"节前的那天晚上，这天恰巧是紫薇的生日。

下班了，紫薇刚刚打开房门，就听见厨房里传来一阵叮叮当当的声音。紫薇有些奇怪，平日黄安回来得都很晚，总是在自己吃过饭以后才去厨房做饭。

紫薇正要走回自己的屋子，黄安从厨房里奔了出来。

“紫薇，今天我请你一起吃饭!”

紫薇一脸的诧异，黄安却是一脸的兴奋。

“没什么，就是让你尝一尝我的手艺。”

看他那副诚恳的样子，紫薇一时不好拒绝，矜持地笑了笑说：“那……我就先谢谢你了。”

黄安十分高兴，转身跑回了厨房。

紫薇回到自己的房间，放下手里的包，然后去厨房帮助黄安。

黄安一边在灶上忙着一边向紫薇摆手，“不！今天不麻烦你……”

紫薇回身将桌子放在客厅的正中，这还是她第一次正式要在这里吃饭。

不一会儿，黄安将自己的作品一道道从厨房里搬了出来。

紫薇看时，原来是一盘五花肉烧豆腐、一盘酸辣粉丝、一盘清蒸鲑鱼和一盘凉拌竹笋。

紫薇不解地问：“你今天做了这么多的好吃的，想必是有了什么喜事?”

黄安回答说：“一会儿你就知道了!”他转身走回自己的屋子，出来时一手拎着录音机，一手拎着一瓶红酒。

他将录音机放在沙发上，随手按下了播放键，录音机里立刻传来了一首紫薇十分熟悉的曲子：“一路平安。”

他先打开红酒，斟满了两个杯子，自己端起一杯对紫薇说：“祝你生日快乐!”

紫薇这才想起原来今天是自己的生日，心里不由得一阵翻腾，眼圈也有些红润，不过她很快就控制住了自己的情绪，笑着对黄安说："音乐、美酒，真是一个难忘的晚上！不过我还是想知道你是怎么知道今天是我生日的？"

黄安说："其实这一点也不奇怪，在我们第二次去公司面试时我就知道了，那天主管桌子上放着一张你的简历表。"

紫薇恍然大悟，不由得暗暗佩服起眼前这个有心的男生来。她也端起酒杯，说："我也祝你快乐！"说完把酒喝了一半。

黄安望着紫薇，平日云遮月掩的紫薇今天似有无边的风月，她的美就像是一把折扇，能收放自如。黄安觉得自己过去迷恋的许多女孩子在紫薇面前全都黯然失色，他举起酒杯，为了这眼前的美丽，一仰脖把酒全部喝了下去。

紫薇不是一个忸怩作态的女孩，见人家如此坦诚，于是端起酒杯对黄安说："谢谢你！"

黄安立刻又向杯子里倒上红酒，端起来，两个人一饮而尽。

几轮过后，两个人的话明显多了起来，但紫薇还是保持着清醒的头脑，用手捂着杯子说："黄安大哥，请允许我这样称呼你，今天你真的让我很受感动，不过酒还是不能再喝了。"她望着黄安，眼睛如一泓深潭。

紫薇今天穿了一件青紫色套装，里面露出粉红色的尖领，一头秀发随便用一方花手绢扎成马尾。大概是由于手绢扎得有些松，她脱去套装，仰起头，双手伸向脑后去弄那手绢。没有外套的遮掩，紫薇的身材凸凹毕现。

黄安抬起头来，目光正好落在紫薇挺拔的乳峰上，他的心一下跳到了嗓子眼，眼睛半天没从那里离开。他分明感到了来自对面这个女孩身体的气息，淡淡的，很是宜人。

紫薇系好手绢，看了看黄安，黄安正直勾勾地看着自己的前胸，紫薇显得有些不自然，心想：原来黄安也是一个不太老实的人。

黄安就显得更不自然了，目光一下飘到了别处。

紫薇好像明白了黄安的心思，一阵心跳，红了脸，头也有些晕。

不过她还是赶紧寻找话题转移这尴尬的局面，“黄安大哥，这个长假你准备怎样过?”

黄安没有正面回答却反问道：“先说说这个假期你准备怎样过?”

紫薇说：“我想回一趟老家，车票已经买好了。”

“我哪里也不去，一个人好好休息一下。”

紫薇看了一眼黄安，说：“你和我不一样，我只是临时出来打工，你还是应该看一看书，好参加今年十月的成人高考，拿到学位也好去找一份更好的工作。”

黄安的心稍稍安定下来，他低着头，认真地听紫薇说的话，一副很专注的架势。半晌他好像想起了什么，站起身从茶几上拿起一个纸盒子，拆开包装，里面原来是一部崭新的手机。

他将手机递到紫薇面前，淡淡地说：“请别见外，这是我送你的生日礼物。”

紫薇吃了一惊，长这么大她从没收过别人的礼物，双手推辞道：“这可不行，它太贵重了，我不能要!”

黄安站起身，双手捧着手机走到紫薇面前。他的脸涨得通红，却一句话也说不出来，看样子紫薇如果不收，他就要一直这样站下去。

紫薇有些不忍，双手接过黄安手里的手机，诚恳地说：“那我就先收下，不过说好了，过几个月等我有了钱再还你。”

黄安长出了一口气说："我是真的想帮你，你看在公司里没有手机是多么不方便。"

紫薇的脸上泛起了微醉的酡红，灯光下，她湿润的嘴唇在微微发光，柔细的呼吸中带着一种淡淡的酒香，眼神里透着一种朦胧的羞涩，令人又怜又爱。

黄安看了，心里有了说不出的躁动。他很想走过去拉住她，理智却让他忍住了。

第二天一大早，紫薇乘火车离开了这座沿海城市，下午又换乘汽车，天黑之前终于回到了花溪镇。

几个月不见，母亲的头上又添了许多白发，紫薇忍着伤心的泪水先是安慰母亲，然后和继父刘长旺说话。

紫薇发现刘长旺身上有了一些明显的变化，过去一见到紫薇就不够使的眼神有了收敛，眼里似乎还带着一丝愧疚。一见这娘俩亲热得不够，刘长旺自己跑前跑后，张罗着做吃做喝，活像变了一个人。

紫薇找了个机会问母亲："他……现在待你怎样？"

杨秀芳说："还好，不像过去那样发脾气了。"

紫薇有些不解，问："到底是怎么回事？"

杨秀芳抬头看了看刘长旺不在屋里，压低了声音说："就在你离家不久他就大病了一场，整天心口痛，犯病就要没气儿。我陪他去了县里，在医院住了半个多月，可病就是不见好。他说：'既然好不了就不要再往里搭钱了，死也死在家里。'一天，他犯病实在折腾得不行，旁边的人看了就鼓动他去教堂。能挺住的时候他就去了，回来后说他受了洗礼，一个挂十字架的老头说他心里不干净，就得生病受罪，只有忏悔自己做过的一切坏事，身体才能好起来。"

“那后来呢?”紫薇问。

杨秀芳说:“从那天起他真的好了起来，回到家他每天都要对着十字架忏悔。那病还真的没再犯过，待我也比从前好了。”

紫薇不信教，自然不相信母亲说的话，淡然一笑说:“真有那么神奇?”

杨秀芳说:“神不神奇我也不好说，反正从那天起他就变了。”

紫薇说:“妈，你真的相信会有上帝?”

杨秀芳说:“不信又能怎样? 只要他能学好，我也就算是信了。”

紫薇半信半疑地说:“他真的变好了?”

杨秀芳确切地说:“真的!”

紫薇长吁一口气，说:“但愿如此!”

其实刘长旺改变的原因并不仅仅如此。当紫薇离开花溪镇后，刘长旺就变本加厉地折磨起杨秀芳来。忍无可忍的杨秀芳下决心离开这个屠夫，她选择了出走。一天，她带着自己的东西偷偷来到汽车站。不料，刘长旺过去的一个赌友朱大耳朵看见了她。朱大耳朵急忙去找刘长旺，刘长旺气冲冲赶到车站，硬是把杨秀芳给拖了回来。

回到家刘长旺关上门，将老婆按在地上用一根绳子捆紧。接着他从柜橱里翻出半瓶白酒，仰起头“咕嘟咕嘟”全都倒进自己的喉咙。刘长旺用手臂抹了抹嘴，解下自己腰间的皮带对倒在地上的老婆就是一顿抽打。打累了刘长旺拉过一把椅子坐下来休息，缓过劲来后又是一顿拳打脚踢。

一连几天杨秀芳都没能爬起来。

她铁了心不想和刘长旺过下去，几天后将一纸离婚诉状递到镇上法庭。法庭的人叫她回去等消息，她只好回去等。过些日子她又去找，法庭的人说先得调解调解，后来干脆没了下文。

离婚不成，整天还得挨打。

一天，她找到了派出所。她的境遇派出所的人早就有所耳闻。这次派出所刚调换了所长，下面的人个个尽职尽责，立刻将刘长旺从肉铺里请了出来。

在派出所里，刘长旺对自己做过的那些事矢口否认，态度依旧蛮横。所长一下子变了脸，说他涉嫌强奸和故意伤害，要把他给拘起来。看见亮闪闪的手铐，刘长旺软了下来，赔了许多好话。最后，一位民警给刘长旺备了案才叫他离开。

从这天起，人们眼里的刘长旺的确有些发蔫，见谁都不愿意说话。

刘长旺真的怕了。

没有人将这些告诉紫薇，她无论如何也想不到。

几天的假期很快就过去了，紫薇又匆匆返回了她工作的那座城市。

长假过后，紫薇和黄安在一起吃晚饭的机会就多了起来，黄安下班后也总是早早地回到住处，并带回许多紫薇喜欢吃的东西。尽管紫薇总是拒绝，黄安却依然我行我素。紫薇做饭时，黄安也总是在厨房的门边晃来晃去，他很想钻进去帮忙，可紫薇却说这不是个好地方，自己不用帮忙，还是老老实实地回到饭桌前等着吧。

黄安憨憨地笑着，转身走回饭桌前坐下，心里想，紫薇再体贴充其量也只是一个同事，一个要好的朋友，目前还不能把她当成许菁，想对她说上一声“我爱你”目前还不是时候。

几个月过去了，黄安终于等来了机会。紫薇所在那个部门因业绩严重下滑引起了公司总经理的不满，店面经理把满肚子的怨气全都发泄到了紫薇的头上，而且还要扣掉紫薇半个月的薪水。

紫薇忍气吞声更加努力工作，销售状况还是没有什么起色。今天下午店面经理把紫薇叫到办公室劈头盖脸就是一阵训斥，说如果这种状况不能快速扭转，紫薇就要被解聘。

紫薇知道造成这种局面的直接原因是店面经理私吞了许多该给客户们的回扣，得不到好处的客户们纷纷被别的公司拉走，而自己只是店面经理绩效不佳的替罪羊。紫薇越想越气，觉得店面经理和那个校长蒋少康简直是一路货色，在他们这样的人手下真是没法工作。她当即写了辞职报告交给店面经理，头也不回地离开了这家公司。

四

失去了工作，紫薇的生活轨迹也发生了重大变化。

两个星期过去了，紫薇还是没能找到一份满意的工作。

这天晚上，紫薇摸黑躺在床上，默默地想着心事。交房租的日子很快就要到了，刚刚交完水电的费用，紫薇口袋里已经没有多少积蓄。她决定不再计较工作好坏尽快找到一份工作以渡过眼前的难关。

今天上午，紫薇又去了一趟劳动服务公司的大厅。周围几乎是清一色从农村出来的打工妹和打工嫂；有些一看就是初来乍到的女孩，稚气的脸上还带着迷茫。她们的脚下放着一张纸，上面写着“日工，钟点工，家政服务”等字样，木然地望着走过自己身边的每一个雇主。

紫薇无奈地站进她们的行列里，今天她好像豁出去了，就像展销会的最后一天，做好了大甩卖的心理准备。

一大群衣冠楚楚的男人和女人们慢条斯理地从她们的身边走过，目光像挑选货物一样在她们中间游来荡去。

紫薇刚刚站在那里就有人过来搭讪，不来搭讪的男人们也瞪着鼓溜溜的眼珠子望着她。紫薇心里立刻有了委屈与不安，两臂无力地放在身前，无措地垂下了脸。

身边的人在认真地和雇主讲条件，紫薇用心地去听。半天过去了，能真正达成一致的好像还没有。她听得累了，头脑乱糟糟地就不再去听他们说什么，站在那里，两只眼睛一动不动地看着自己的脚尖，好像魂魄游出躯壳一般。

一位被酒肉催得十分雄壮的中年男人挤了过来，弯下腰，细细打量着紫薇。

她的一头黑发从耳边贴着脖颈垂下，衬得一张脸水亮清明。她那弯弯的眉毛、细眯的眼睛、高挺的鼻梁、湿润的嘴唇，还有那颈上的血管……

中年男人直起身来，对着紫薇，伸出戴着五个粗大戒指的巴掌，大声嚷道："我出两个这价钱！"

男人们望着这个财大气粗的主，嘴里发出一阵啧啧声。

当那个中年男人的指尖快要碰到紫薇那光滑而富有弹性的胳膊时，她才轰然一醒，回过神来，赶忙退向别人身后。

中年男人并没有放弃，又向前迈一步。紫薇身边的人向两侧一退，给中年男人腾出了地方。

紫薇的身后就是墙壁，再也没有退路。她既生气又别扭，将脸扭向一边，连看都不看他一眼。

中年男人大手一挥，叫道："再加这些！"

人群发出了一阵哄笑声，远处的人们不知这里发生了什么，一起朝这里拥来。

看来这个中年男人不但有色心而且更有色胆，望着紫薇，丝毫没有放弃的意思。

大庭广众之下，紫薇虽然不怕，却也难堪。她奋力挤出了人群，向门口跑去。她的背后立刻传来了那个中年男人不干不净的骂声。

夜已经很深了，紫薇还是睡不着，隔壁传来了低低的吱呀声，原来黄安也还是没有睡着。

紫薇一动也不敢动，因为她和黄安两间卧室的隔壁只是一层薄薄的木板，哪怕是一声轻轻的叹息隔壁也会听得十分清楚。

几个月来，黄安对自己的情感是不言而喻的。有时紫薇正在做饭，黄安就会悄悄地站到她的身后，紫薇感到了他的气息，身子向前动了一动，似乎在向他表示两个人应该保持的距离。

应该说紫薇对黄安的印象还是不错的，虽然有时黄安的笑带着讨好的意味，但紫薇并不讨厌他。她只用眼角瞥他一眼，只一眼，他那张笑着的脸就给紫薇留下了很深的印象，而少原的印象则渐渐地模糊起来。

黄安曾不止一次地表示愿意帮助紫薇，事实上生活中的黄安也真是这么做的，可紫薇并不想让自己和黄安走得太近太快。

紫薇在心里一遍遍地问自己：黄安真的是一个值得自己把一生都托付给他的人吗？

紫薇坐起身望着窗外，一阵凉风从纱窗吹进屋来，紫薇不由得打了个寒战。

钟声敲过了十一下，紫薇起身来到窗前，望着窗外月光下沉沉睡去的花草，沉思着。

清冷的月光下紫薇的身影显得十分单薄，夜风吹拂着她美丽的脸庞，她发出了一声轻叹，两行清泪顺着她长长的睫毛轻轻滑落。

这个夜晚似乎特别漫长，紫薇毫无睡意，她的心情很乱，有时像汹涌的波涛，有时像平静的湖水。当人们辗转在疲倦的梦境中的时候，紫薇依旧站在窗前对着夜色出神。

这次回花溪镇紫薇又遇上了正在放暑假的少原，紫薇向他提起了陈愉。少原却一下把话题岔到了别处，细心的紫薇还是察觉到他内心的痛苦与失落。

她觉得自己和少原之间似乎有许多绳子互相牵系着还没有完全解开，而黄安却又偏偏在这个时候走进了他的生活。她知道自己心灵的这匹怒马已经奔到了人生的十字路口，是向左还是向右，是收缰，还是继续前行，她真的是没了主意。

这真是一个难熬的夜晚，天快亮时紫薇才躺下去，勉强睡着了。

一睁眼已是七点多钟，紫薇赶紧爬起来，洗了把脸，出门又奔那所劳动服务大厅而去。

完全出乎她的预料，在经过一家化妆品总汇门口时她停下来多看了几眼，一位年轻的人事助理正好从里面走出来，他打量着紫薇，当即问她是否有意来这里竞聘公司的客服专员。

紫薇心里一动，立刻表示同意。人事助理将一份招聘材料交给紫薇，叫她第二天来公司报到。

紫薇紧紧地握着那份招聘材料高兴地回到住处，整整一个白天她都沉浸在找到工作的快乐中，晚饭她还特地做了一道自己最喜欢吃的凉拌莲藕。

黄安回来了。紫薇站在厨房门口，把今天自己收获的喜悦讲给了黄安。谁知黄安听了很是不赞成，说凡是这样的公司都是利用漂亮的女孩去推销他们的产品，工作并不好做，去还是不去要紫薇重新考虑。

紫薇有些黯然，低下头，一脸的无奈，半晌才说出话来。

“可我必须尽快找到一份工作。”

黄安认真地说：“我可以帮助你，包括在你找到工作以前生活中的一切开销。”

紫薇抬起头，望着黄安说：“你是在可怜我吗?”

黄安走近紫薇，严肃地说：“不！我是认真的!”

紫薇忽闪着一对明亮的大眼睛仔细地看着黄安，看得很认真……

黄安的眼神，很暖，很暖。

五

虽然紫薇心里对黄安充满了好感，但羞涩也确实在阻碍着她，使她与黄安总是保持着一定的距离。然而黄安却是越来越主动、越来越大胆地接近紫薇，他看紫薇的目光也是越来越固执越来越没有顾忌。那是一种有了某种经验的男人的目光，看得紫薇心慌慌的，直至低下头。

慢慢地紫薇的心态也发生了变化。上班的时候，只要一想起黄安，她的面色就会变得绯红，气也有些喘不均匀；下班后回到住处，望着空荡荡的屋子，她的心就有点缥缈无主，开始盼着黄安早点回来。

黄安自然会准时地回来。

一个周末，紫薇做好了饭菜在等黄安下班回来。

天快黑了，黄安打来电话说他今晚要加班到很晚，可能就不回来了。

紫薇心里一阵空虚，一个人怏怏地走回到餐桌前，一点食欲也没有。

坐了一会儿，她又来到窗前，向大街上望去。

街上的路灯亮了，少男少女们手挽着手从紫薇的眼皮底下走过，紫薇心里升起了一丝莫名的失落。

她看倦了，重新回到餐桌前。

门外传来了用钥匙开门的声音。紫薇一阵激动，急忙迎上前去，将门轻轻打开，一把将黄安拉进屋里。

他一把把她抱在怀里。

她在他的怀里瑟瑟地发抖，柔声说："抱紧我……"

她在他的怀里喘息着，就像是喝醉了酒一样。他感到今天她的脸颊有些发烫，目光也有些迷离。他像是得到了她的指引，抱起她回到了她的屋子。

他轻轻把她放在床上，一把关掉了电灯。

路灯柔和的光从窗子照进来，屋子里一片朦胧。紫薇紧紧地依偎在黄安的怀里。此刻她已忘了花溪，忘了自己，完全沉浸在幸福的梦幻之中。

黄安闻着从紫薇头发和脖颈间散发出的气息，呼吸越来越急促。

紫薇轻轻地闭上眼睛，湿润的嘴唇动了几下，说些什么，黄安没听清。

黄安仔细端详着紫薇，她的脸泛着乳白色的亮光，微闭的眼睛像是一道美丽的黑线，高挺的鼻梁下是潮湿鲜艳的双唇。黄安感觉到了她的心跳和身体的温热，心扑通扑通地一阵乱跳，双手不由自主地伸进她的胸口。

他感到了一种窒息。

紫薇不动，由着他。

他轻轻地将她放下，像揭幕一样揭开她的内衣，抚摸着她赤裸的上身。他有些得寸进尺，双手向她的小腹滑去。

紫薇像是睡着，没有一点反应。

黄安激动得浑身颤抖，手也有些不太好使，抖抖索索地去解她肚脐下仅有的一个纽扣。

紫薇感到有些眩晕，如同站在一只正在波浪里颠簸的小船上，一动不能动，任凭风浪的摆布。

忽然她感到自己已经裸露了，头脑一下清醒过来，双手紧紧地抓住自己的低腰裤。

黄安不想放弃，坚持着。

紫薇用力把它拉了上来。

黄安不免有些泄气，问她怎么了。

紫薇一句话也没有说，只是落泪。

黄安拉住她的手，歉意地说："对不起，我不该勉强你!"

紫薇哭了，珠泪滚滚。

黄安再次将她抱进怀里。

紫薇还是过了一个很不自在的夜晚，这一晚，黄安睡在了她的床上。早晨，她在睡梦中醒来，发现了躺在自己身边的黄安，一种难堪的感觉立刻从她的心底升起。她推了一把黄安，黄安慵懒地翻了个身，丝毫没有起来的意思。

昨晚发生的事情丝毫没有让她感到兴奋和愉悦，有的只是恐惧和痛楚。那一刻她感到自己就像一块突兀在海面的礁石，任凭狂风巨浪的冲激和剥蚀，形体和灵魂都留下了无法弥合的创伤和驳痕。黑暗中她默默地流下了眼泪，至于为什么流泪，她自己也不明白。

紫薇望着身边的黄安，对他一下有了陌生感。她眨眨眼努力再去看，心想：他还是隔壁的那个黄安吗？难道这一切都是真的吗？她低下头看着赤裸的自己，看来这一切都是真的，都是实实在在发生着的事。

紫薇背对着黄安，穿好衣服下床来到窗前向外面望去。昨夜下了一场大雨，早晨的空气也是湿漉漉的，墙角处枝头上一朵被风雨欺凌劫后余生的小花似在低低地饮泣着。

这是紫薇十分熟悉的环境，此时她却有了一种强烈的陌生感。越是仔细地去看，那种陌生感越是强烈。

背后传来一阵窸窸窣窣的声响，那是黄安在穿衣服。紫薇回过头来，看着黄安，心里的陌生感在一点点地膨胀。

黄安望着紫薇，眼里带着笑。那是温柔而含情的笑。他第一次见到紫薇时眼里就带着这样的笑。紫薇感到自己像是在做一场梦，不知道现在是梦，还是过去是梦。

黄安穿好衣服走到紫薇面前，用商量的口吻说："今天我们一起出去转一转，好吗？"

紫薇轻轻地说："我今天有些不舒服。"

黄安拉起紫薇的一只手，低低地说："看得出你心里很痛苦，相信我，我会一辈子都对你好的。"

紫薇从没有觉得自己像今天这样娇弱，一下伏在他的肩头上抽泣起来。

黄安叹了口气，摇着紫薇的双肩说："都是我不好，如果你不愿意，就当我们什么也没发生。"

紫薇一下止住了啜泣，推开黄安，目光有些冷峻。

黄安被她看得有些害怕，不解地问："我，我说错了什么？"

紫薇又哭了，抽抽搭搭地说：“你们男人哪……你知道，我已经别无选择了。”

黄安听了，张开双臂将紫薇紧紧地揽进怀里，在她的耳朵旁悄悄地说着什么。

过了好久，紫薇才从他的怀里挣脱出来，理了理头发，看来她的情绪已经好了许多，眼神里也多了许多流动的色彩。

第四章　公公

一

不管紫薇怎样感到不理解，她和黄安的关系还是十分顺利地发展着。

紫薇感到自己是越来越离不开黄安，如果黄安一连几天去外地出差，紫薇就像丢了魂一样，不知这几天该怎么过。到了晚上，她心里全是黄安，一个人躺在床上，一遍遍回想着黄安吃饭走路的样子。她喜欢看他说话，尤其是喜欢听他说普通话的声音，黄安的声音很纯净，纯净得就像是用清水洗涤过的一样，她有时甚至想，他为什么不去报考艺术院校的播音专业。她相信不管在多么嘈杂的场合只要是黄安在说话，她就会毫不费力地听出他的声音来。黄安越是不在身边，紫薇就越是费心地去想他，去琢磨他。

她最喜欢的是星期天和他一起去逛街——尽管不是为了必须要买回什么东西来。他们牵着手走在街上，身边不时就会投来年轻女子嫉妒或是羡慕的目光，每当这时，她就很夸张地挽起他的胳膊，挺起胸脯，高傲地从她们的身边走过。此刻的紫薇就是一个被爱包裹起来的幸福女子，初到这座城市时的凄苦和辛酸似乎根本就没有发生过。

有时他们也像孩子似的嬉闹，紫薇故意做出诡秘的样子，假装要往身后藏起什么东西来，惹得黄安将她扑倒在床上非要看她究竟藏了什么，她却将双手抱在胸前，扭动着身子偏不给他看，直到累得筋疲力尽她才放开双手。什么也找不到的黄安便去搔弄她的肌肤，这时她会更加抱紧身子笑个不止，黄安则趁机将她抱住，在她的耳朵旁悄悄地说了句什么就立刻跑开。紫薇红了脸，从床上跳起来，追着黄安，连呼他坏。

玩过了，闹过了，紫薇问黄安："你究竟喜欢我什么？"

"你的本分与自然。"

"还有呢？"

黄安不加掩饰地说："你的漂亮。"

紫薇露出一丝羞怯，"真的吗？"

黄安肯定地说："真的！"

"可这个世界上还有比我更漂亮的女人。"

"我只喜欢你一个。"

紫薇听了，心如春雷滚过。

一天，紫薇告诉黄安，她可能是怀孕了。黄安竟然抛出一句令紫薇十分惊讶的话来："你是怎么搞的？"

紫薇忽闪着一对大眼睛，不解地望着黄安，半晌才说出一句话："你说我是怎么搞的？"

"还是到医院把他做掉吧！"黄安心不在焉地说。

看着自己一直深爱的人这样的态度，紫薇有些伤心，便不再理睬他。

黄安走到紫薇身边，拉起她的手，勉强笑笑说："又要小孩子脾气了！你听我说，我们现在还没有房子，一旦有了小孩子花费会更大，况且你还不到领结婚证的年龄。再说，咱俩的事我家里到现在还不知道。”

紫薇推开他，转过身去。她心里很不舒服，不想听他解释什么。

黄安接着说：“我知道你心里想的是什么，可我们还是要实际一些。”

紫薇叹了口气说：“我知道要一个小孩子也是一件很大的事情，其实这和房子并不矛盾，要紧的是把咱俩的事早一点告诉咱的父母。”

黄安点点头，说：“好吧！”

日子一天天地过去，季节在轮换着。冬天到来的时候，紫薇的小腹不可抗拒地凸了起来。公司有规定，所有的女员工一旦怀孕就要立刻离职，无论紫薇怎样掩饰还是无法继续蒙蔽下去，很快她就被公司辞退了。此后的两个月里，紫薇的日子过得很沉闷。黄安工作很忙，还要经常出差，根本没有时间在家照顾紫薇。所幸的是黄安的父母打来电话说要接紫薇回去住。紫薇十分欣喜，在一个周末，便和黄安一起回了他在安徽南部的老家。

知道了儿媳要来家的消息，黄安的父母早早地来到了车站等候着。见到紫薇，黄安的母亲急切迎上前去，一下抱住紫薇，高兴得简直有些不知所措。紫薇鼻子一酸，差点掉下泪来。

这位整整比紫薇大二十六岁的中年女人除了眼角隐约的细纹，根本看不出风华的消逝，难怪黄安是那样的英俊帅气。黄安的父亲黄建功也是笑眯眯的，一看就是一位慈祥的长者。

初春的一个晚上，紫薇被公婆送进了医院的产房。黄安由于公司脱不开身没有回来。

几乎没怎么折腾，紫薇早产了一个女孩。孩子的体重只有五斤，必须借助温箱的保护才能存活下来。

公公给这个小生命起名叫芊芊。然而芊芊的降生并没有给这个家庭带来欢乐和喜庆。在最初的几天里，婆婆每天都陪在紫薇的身边旁，一边照顾紫薇的起居和饮食，一边看着温箱里的小孩。没几天，婆婆的脸上就罩上了一层愁云，原来婆婆背地里听人说早产的小孩即使能够活下来，身体和智力也不会健全。婆婆的心凉了，渐渐地来医院的次数就少了。一个月后，紫薇抱着芊芊在公公一个人的陪伴下从医院回到了家里。

紫薇有些失落，心想就因为自己生了个不健康的孩子婆婆也不至于如此冷落自己呀？

她开始盼望黄安能早点回来把自己和芊芊接走。她相信黄安也一定在盼望着早日见到她；不过很快她又否定了自己的想法，假如自己和芊芊马上就去那座城市，对自己和黄安来说经济上都有不可承受之重。她决心再忍耐几个月，等芊芊的状况更好一点儿再去和黄安团聚，那时自己也可以出去找一份工作干。紫薇打定主意，心情也好了许多。

不过最近黄安却有些让紫薇放不下心来，黄安总是不能及时接自己的电话，而且每次和自己说话的时间也越来越少。紫薇追问他，他说工作太忙。有几次黄安甚至根本就不接紫薇的电话，过了很长时间才解释说他是在外地出差。

紫薇心里有了不安。

一天，紫薇找了个机会将自己心里的忧虑讲给了公公听。

公公笑了，说黄安最近确实很忙，经常要出差。前些日子他们所里的一个人去南宁在火车上就见到了黄安。

紫薇将信将疑，却又为黄安的身体是否能吃得消有了担心。

就在婆婆对紫薇越来越冷漠时，公公却出奇地关心起紫薇来，一有空闲就要来儿媳屋里坐坐，陪儿媳说说话。

公公说凭紫薇的能力考上一所比较好的大学是完全可能的；如果紫薇愿意，等芊芊大一点儿就送托儿所，紫薇就可以腾出时间来在家里复习功课，反正大学生在校也可以结婚。当然他也可以托关系先把紫薇的户口办过来，然后在市里给紫薇找一个像样的工作。

或许是由于婆婆对自己的不理不睬，公公的关心让紫薇感到很温暖，她对公公格外地感激。可过不了多久，紫薇就发现公公对自己似乎另有所图。

婆婆上下班的时间都是固定的，白天根本就不会回家。公公则不然，他的工作就是外出跑案子，因此，不时地就会回到家中找这找那，顺便看看孙女。

一天，紫薇正在收拾屋子，公公回来了，紫薇和公公打了个招呼后继续做自己手里的活。

不一会儿，公公的房间里传来了一阵乒乓的声响。紫薇过去一看，公公翻箱倒柜正在寻找什么。

紫薇问公公在找什么，公公说他托关系给紫薇弄到的一张办理户口的批件不见了。

紫薇听了有些焦急，便去公公的书堆里寻找。折腾了半天，还是没有找到公公要的那份东西。

紫薇转身望着公公，说："您再慢慢想一想，或许是没把它放在家里?"

公公没有回答，一屁股坐在沙发里，一脸的无奈。

紫薇过来给公公倒上一杯热茶，公公示意紫薇坐在自己身边。紫薇在公公的身边坐了下来。

公公呷了一口热茶，看了看身边的紫薇，自言自语地说："怎么就会找不到呢?"

紫薇小心地问："实在找不到还能再补办一份吗?"

公公沮丧地说："不是不能办就是太难办了！你知道为了这张纸我费了多少周折？找了多少关系？换了别人花钱都弄不到手。"

紫薇听了，心里一阵黯然。

公公放下手里的茶水，叫紫薇坐得离自己近一点儿。紫薇向公公身边凑了凑，公公的一只手搭上了紫薇的肩膀。

紫薇的脸"腾"的一下红到耳根，心也快跳到了嗓子眼，可又不能立刻躲开，紧张得有些发晕。

她很快就使自己镇定下来，借故去给公公倒水，想站起来。

公公按住她的肩头说："不用了，你就这样陪我坐一坐吧!"

紫薇走也不是坐也不是，就这样在公公一只大手的摩挲下煎熬着。紫薇感到那不是一只人的手，简直是一只魔爪，一只让人毛骨悚然却又无可奈何的魔爪。

公公闭着眼睛，分寸掌握得恰到好处，让紫薇无法发作。

五分钟过去了，公公丝毫没有住手的意思。渐渐地他的摩挲变成了搂抱，而且越搂越紧。紫薇忍无可忍，毫不犹豫地从公公的胳膊里挣脱出来。

公公一点儿也没有生气，眼里甚至还带着笑。紫薇知道那笑着的眼里翻着的是什么样的波浪。她将门一摔，头也不回地走了出去。

这件事情过后，公公着实规矩了许多天。不过紫薇的软弱并没给自己带来一点安全。公公的老实并没有持续多久。

一天下午，紫薇刚刚给芊芊喂过奶，一阵困意袭来，没顾得上系好胸口的扣子就睡了过去。恍惚间她觉得自己的胸部被谁抚摸着。他睁眼一看原来是公公在摸自己的前胸。紫薇一个激灵，坐起来赶紧退向床里。

公公讪讪地笑着，说："别害怕！是我！"

紫薇哆嗦着问："你……你是啥时进来的？"

公公向前凑了凑，说："你睡着了，怕你着凉，我给你掩掩衣襟。"

紫薇惊恐地望着公公。

公公在床边坐了下来，伸手去拉紫薇。

"别害怕！咱自家人在一起就不要那么拘束。"

紫薇惊慌失措，大声叫道："爸！你要干什么？"

也许是这一声"爸"起了作用，公公一下住了手。

毕竟是自己的公公，家丑不可外扬，紫薇定了定神，小声说："爸！求您以后别这样！"

公公站起身，叹了口气说："唉！在我眼里你就是一个孩子。别介意。其实我也是真的喜欢你。"

紫薇的脸红红的，低着头，一声不吭。

公公自觉没趣，转身向外走去，一边走一边解嘲地说："这孩子……"

从这天起，紫薇很怕见到公公。一见到公公就感到难堪。仿佛那不是公公的错，而是自己有什么地方对不起公公似的。每当这时，公公总是说上几句俏皮的笑话调节一下情绪。婆婆不知其中奥妙，反倒埋怨公公为老不尊。

整整一个冬天，只要有机会，公公就会百折不挠地纠缠她。紫薇一次又一次地挣扎着。公公使尽了所有的手段，就是没能使紫薇就范。

紫薇几次要离开这个让她整天提心吊胆的家，但始终不能如愿。她多次打电话给黄安，可每一次都被黄安充分的理由给拒绝了。个中原委紫薇当然不能对黄安说，也无法说。

走不掉的紫薇没有一点安全感，大白天一个人留在家里也要把自己的小屋门上的插销插紧。尽管这样，还是抵挡不住无孔不入的公公。

一天，正当紫薇去卫生间的时候，公公不知从什么地方窜了出来。紫薇一下被公公抱进了他的大屋子。紫薇拼命地挣扎，公公还是把她压在了身下。看来今天公公是命不要，也要把她给要了。

紫薇被公公扯去了衣裤。直到看见儿媳两腿间那片带着鲜红血迹的纸巾，公公才自动罢手。

紫薇穿好衣服径直向门口走去。公公见势不妙，跑上前，一把将紫薇拉回屋里。

公公堵住门口，乞求紫薇原谅自己，并保证今后绝不做这样的事情。为了表示自己悔过的诚意，公公还使劲抽了自己几个嘴巴。

公公的丑态更坚定了紫薇离开这个家的决心。她不再去争求黄安的同意，抱起芊芊直接上了火车。

二

紫薇又回到了东南那座沿海城市。她没叫黄安来接站，自己抱着芊芊挤了一个多小时的公交车后，来到她曾经住过的那座居民楼前。

她轻快地上了楼，在那扇自己十分熟悉的屋门口停了下来。她一手抱着芊芊，一手掏出钥匙去开门锁。

门开了，紫薇向屋里望去，眼前出现的不是黄安，而是一个二十多岁的年轻女子，坐在沙发上手拿镜子在化妆。

看见紫薇，年轻女子有些惊诧，立刻站起身向门口走来。

这是一个漂亮的女子，眼睛虽细长却好似带着笑，圆润的嘴唇十分性感；身材更是无可挑剔，尤其是胸脯饱满而挺拔，令人遐想。

眼前的情景让紫薇有些诧异，她一下想到了少原，想到了曾经和少原在一起的那个女孩陈愉。不过她很快就抛弃了这种念头，或许她是黄安的一个朋友，一个同事，或许是另一屋的房客。

年轻女子看着紫薇，一脸的疑惑。

紫薇小心地问那年轻女子："请问这是黄安的住处吗?"

年轻女子反问道："你是谁?"

紫薇说："我是他媳妇!"

年轻女子一下变了脸，说："这里没有什么黄安!"说完"砰"的一声关上了门。

紫薇有些头昏，望着那扇冰冷的铁门，真的怀疑自己是不是走错了。

她抬头看了看门牌号，半晌才回过神来。一点不错！就是这里！刚才自己确确实实不是用钥匙打开了这扇门吗?

她抬起手，轻轻地拍了拍那扇紧闭的铁门。

门又开了，不过只是开了窄窄的一道缝。年轻女子朝紫薇大声吼道："你这个人是不是有病?!"

紫薇好像明白了什么，慌忙对那个年轻女子说："对不起!"

年轻女子关上了门，紫薇清楚地听到了一串远去的高跟鞋踏在地板上时发出的"橐橐"的声音。

她的眼睛一下子湿了，低下头，一遍遍地抚摸着自己怀里的芊芊。

站在自己曾经居住过的屋门外，紫薇的心情沮丧到了极点。

过了老半天，她才回过神来想给黄安打个电话。她下楼找了个公共电话亭，拨通了黄安的电话。

很快，电话里传来了黄安的声音：“什么……你在哪?”

“我在楼下旁边的电话亭里。”

“那好！你先别动，等着我。我马上就来!”

一个小时后，黄安气喘吁吁地来到了紫薇的面前，抱怨地说：“来之前怎么不告诉我一声？也好去车站接你。”

紫薇平静地说：“知道你很忙，不一定有时间去接我。再说我自己也能找得到。”

说这话时紫薇偷偷地看了一眼黄安。黄安的脸有些不自在，咧着嘴“啊”了一声，像背台词似的说：“是的是的！这一路你一定很辛苦吧?”

紫薇淡淡一笑，说：“不！一点也不辛苦。”

“芊芊也很好吧?”

“很好!”

很快，他们就回到了自己的住处。黄安掏出钥匙打开房门，让紫薇先进去。

两个小屋子的门全都开着，就是不见了刚才那个年轻女人。

紫薇走进黄安住的屋子，放下芊芊。看着黄安，问：“刚才这里还住着一个女的，怎么这么快就不见了?”

黄安的脸一下子变得通红，急忙解释说：“啊！刚才你碰上的那个人租了你原先住过的那间屋子。”

紫薇反问道：“是吗?”

黄安信誓旦旦地说："怎么不是？我一个人又住不了两个屋子。"

紫薇说："那是我弄错了！"

黄安说："你现在一定很累，先歇一会儿，我下去给你买点吃的来。"

紫薇笑着点点头。

黄安跑了出去，紫薇虽然很累，却根本没有心思去休息。她认真地打量着屋子的每一个角落，像是一个细心的医生在给一个病人做体检。

她的努力没有白费，在黄安的衣柜里她发现了几件女人的衣服，尤其是床下还丢着用过的纸巾，女人没来得及清洗的袜子、胸罩和内裤。

望着这一堆乱七八糟的东西，紫薇留下了伤心的泪水。她感到这间屋子对她来说就是罪恶之薮，恍惚迷离中她在这里留下了她的青春、她的情感、她的梦想、她的希望。而仅仅一年，这里就成了无可挽回的罪恶的遗迹。在这个世上她几乎再也不能相信任何人的誓言和承诺了。

她趴在床上哭了，哭得很伤心，仿佛是要把积重千年的悲痛全都抛撒在这里。

黄安捧着饭菜走了进来。他看见地上的一堆东西和正在痛哭的紫薇，整个人像是受了电击一样，浑身抖个不住，手里的饭菜都不知道找个地方放下。

片刻，紫薇止住了哭泣。她坐起身，看着黄安，问："说吧！她是谁？"

黄安瞪眼望着紫薇，嘴唇动了动却没发出声来。

一阵沉默。

紫薇又问："不说是谁也没关系，我只问你打算以后怎么办？"

黄安放下手里的饭菜，走到紫薇面前，双手抓住紫薇，说："我只想和你好好过日子!”

紫薇轻轻摇了摇头，说：“怕未必?”

见紫薇平静下来，黄安才长出了一口气，不过他又为如何去应付许菁开始了忧心。

黄安是在半年前和许菁住在一起的，刚才紫薇在住处见到的那个年轻女子就是许菁。

那次他陪紫薇回安徽老家后不久，寂寞的黄安又拨通了许菁的电话。让黄安感到惊喜的是这回许菁对自己的态度出奇的好。她特别回忆了过去和黄安在一起度过的许多难忘的日子，并说上次自己心情不好伤害了黄安，希望他千万不要往心里去，并劝黄安忘掉自己，早日找到一个如意的女朋友。

情根深种的黄安被她一通温存婉约的话语感动了，当即表示愿意等许菁一辈子，不管到什么时候，他心里只有她。

电话里许菁感动得痛哭失声，抽抽搭搭地叙述了自己被骗的经过。黄安当即表示了想马上就能见到许菁的愿望。

许菁矜持地表示了自己也在想念着黄安。

放下电话，黄安就陷入了深深的痛苦之中。一方面是漂亮的紫薇，一方面是自己梦寐以求的许菁，在她们两个人中间真是难以做出取舍。黄安夜里失眠了，没几天人就瘦了一圈。

又过了几天，许菁打来电话说她已经辞了职，想来这里看看黄安。黄安也想马上见到许菁，好把自己的心事原原本本地告诉给许菁。不过当他见到许菁的那一刻，他的心一下就被许菁完全俘虏了。黄安完全隐瞒了自己和紫薇的事情，当天两个人就住到了一起。

许菁很快地就在这座城市里找到了一份工作，两个人过起了安稳的小日子。

刚才黄安在单位里听到紫薇已经来到这里的电话时简直给吓呆了。电话里他还是壮着胆子稳住了紫薇，然后立刻打电话给许菁。这简直难坏了黄安，他无论如何也很难对许菁说是自己的女人来到了这里。可电话里却传来了许菁的大喊大叫。无论黄安怎样哀求，许菁就是不依不饶，黄安急得像热锅上的蚂蚁。

黄安简直要被逼疯了，拖着哭腔乞求许菁给自己一个处理问题的空间和时间。好说歹说这位姑奶奶才高抬贵手，答应黄安自己暂时离开住处几天。

就在黄安和紫薇尚未回到住处的时候，许菁离开了。

两天过去了。中午，许菁找到黄安，问他事情处理得怎么样了。

黄安一脸的苦相，说自己还没找到和紫薇谈这件事的时机，要许菁再多给自己几天时间。

许菁苦恼地说："总是这样拖下去也不是办法，你若没办法，我去和她说！"

黄安慌忙说："不用，不用，今天我就和她去说。"

许菁决定不再等下去，下午她就来到了紫薇的住处。

这次，两个女人心平气和地坐在了一起。

紫薇耐心地听完了许菁的叙述，半晌没说话。她不再怨恨许菁，更恨黄安；恨黄安糟蹋了他们两人之间的感情。然而做女人捍卫自己爱情的本能却让她选择了站在黄安一边。她告诉许菁说："不管怎样，现在我们已经有了一个孩子，一切都再难使我和黄安分开。"

许菁坦率地说："你再想想，这一年来黄安究竟对你怎样？相信你能有一个客观的判断。"

想到一年来黄安的变化，紫薇心里一阵凄苦，不过她表面上还是不肯认输。她笑笑说："也许是我们分别太久了，黄安说他从现在开始一定会对我好的，对他我深信不疑。"

许菁说："可刚才他对我也是这么说的。要不我把他叫来，让他当着咱俩的面再说一次？"

紫薇听了这话一阵头晕，身体也有些摇晃。她真的是快撑不住了。

许菁扶紫薇坐下来，平静地说："其实我也觉得你很可怜，可这一切又能怪谁呢？你好好想想吧！"说完她轻轻地走了出去。

紫薇望着她出去的背影，痛哭失声。

傍晚，黄安回来了。

紫薇的眼睛红红的，说话的声音也有些颤抖。

"你回来了！我有话想和你说。"

她要黄安坐在自己身边。

黄安挨着紫薇坐下，低着头，一句话也不说。

紫薇用手指轻轻地抚弄着他的头发，忍着心里的悲苦说："告诉我，我们还能在一起生活多久？"

黄安好像没听见紫薇的问话，十只手指使劲绞在一起，还是一句话也不说。看得出此时他的内心也是十分痛苦。

"看在我们已经有了孩子的份上，求求你和那个女人断了吧！"

黄安紧咬着嘴唇，半天才说："不！我不能！她说她离不开我。求求你放过我吧！"

紫薇一下睁大眼睛仔细看着黄安，那样子好像看着一个从来就不认识的人。

黄安继续说："孩子你愿意留下就留下，不愿意留下我就负责她今后的生活费……"

紫薇一把拉住黄安，苦苦哀求道："我们夫妻一场，难道你就这么无情？"

"其实当初我们在一起就是一场误会。"

听了黄安的一番话，紫薇目瞪口呆。

"这是你的真心话？"

"是！"

紫薇怔怔地看着他，眼泪汩汩地流下。

黄安扭头看着别处，无动于衷。

过了好一阵儿，紫薇止住了眼泪。她知道黄安去意已决，便站起身来，看着黄安说："看来我们的缘分已经走到了尽头，我在这里再留下实在是多余。现在我就离开这里，谢谢你今天的坦诚。"说完，抱起芊芊向门外走去。

推开屋门，紫薇发现了正站在屋门外的许菁。许菁的嘴角犹自钓着一抹笑意，余韵袅袅。

"现在，这个花心家伙就归你了，你可千万把他看住，别弄丢了。"紫薇洒脱地说。

许菁鼻子里"哼"了一声。

紫薇挺直了腰杆，目不斜视地从她身边走了过去。

三

紫薇看似平静地离开了黄安，其实这表面上的平静是很难持久的，压服在她心中的积怨迟早都是要爆发的，而这爆发受到伤害的又恰恰是她自己。

紫薇没有乘车，一个人抱着孩子沿街慢慢向前走去。街道的两旁灯火通明，人头攒动，一派热闹的城市夜景，路灯的阴影处是一对对不畏寒冷紧紧依偎在一起的恋人。川流不息的人流中紫薇像是一个无家可归的流浪者。

风从她的背后吹来，撩起她的一头长发。她就像一片随风飘荡的树叶，不知要飘向哪里。

然而这里已经没有她的立足之地，她必须得尽快离开。她心里一遍遍地问自己：我该去哪里？她是因为受不了公公的纠缠才来找黄安，没想到竟是这样的结局！她没法再回去，可她更无法抱着芊芊回到花溪去见她的母亲。

紫薇真的好为难！

她硬着头皮，还是选择了回到公公那里去，尽管不情愿，可这是眼下她唯一的选择。

清寒的夜风吹在她的身上，她打了个寒战，不由得抱紧了怀里的芊芊。不知不觉中她来到了火车站。

临近春节，整个车站人山人海。售票大厅的每一个窗口都排起了长龙。紫薇望着墙上那超大的电子显示牌，在那上面寻找着自己能够买到的车次的车票，那一串串滚动的字幕几乎全是已售完的字样，紫薇无奈地退出了人群。

她想去车站的广场上碰碰运气，说不定遇上“黄牛”自己就可以快点拿到一张车票，她只想尽快地离开这座让她伤心的城市。

广场上正在广播铁路公安机关严厉打击票贩子的胜利成果，紫薇听了，心情更加沮丧。

正当她一筹莫展的时候，经过她身边的一个中年女人像是对她又不像是对她小声问道："要票吗?"

紫薇心中一动，停下来向身旁看了看，自己身边只有这一个中年女人。

中年女人走近紫薇，轻轻地问："要车票吗?"

也许是紫薇怀里还抱着一个小孩子，中年女人并不感到担心。

紫薇小声地说："去芜湖的有吗?"

中年女人看了看四周，说："几号的?"

"今天的。"

"卧铺还是硬座?"

"硬座。"

"几张?"

"一张。"

"2026次，260元。"

紫薇犹豫一下，说："大姐，你看我一个女人家出门身上也没有那么多钱，能不能再少一点儿?"

中年女人坚决地说："没法少！你没看那上面写着七日内发往合肥方向的车票全部售完，不走，你就住店吃饭去吧!"

紫薇叹了口气说："大姐，给孩子留个吃饭钱，就240元吧!"

中年女人看了一眼紫薇怀里抱着的孩子，说："别再讲了！就250元!"

"那……就250元吧!"紫薇无奈地说。

中年女人先打电话给自己的同伙，然后带着紫薇七拐八拐，最终在一处超市旁边的楼角处从一个男人手里接过车票，收过钱后才将车票交到紫薇手里。

紫薇转身回到车站。

站在车站的广场上，望着这座灯火辉煌的城市，紫薇心里万分凄楚。前年自己只身来到这里，希望能开辟一片属于自己的天地，谁想到头来不但自己无处容身而且怀里又多了一个嗷嗷待哺的小孩子。

广场上的广播里传来了一首紫薇十分熟悉的曲子——《回家》。悠扬的曲调再次拨动了紫薇感伤的心弦，泪水扑簌簌地落满了衣襟，耳边的每一个音符都像风雨一样欺凌着她那颗惊颤悲苦的心。她实在是无力在这里停留下去，迈着沉重的脚步走进了候车室。

候车室里一派嘈杂，到处都挤满了人，没有一个空余的座位。她看了看正前方的电子显示牌，距检票的时间还有三个多小时。

紫薇背靠一处墙角坐了下来，不知是饥饿还是别的什么原因，怀里的芊芊大声地哭闹。紫薇急忙从随身携带的包裹里取出一瓶牛奶送到芊芊的嘴边，芊芊算是安静下来。

她终于盼来了北去的火车。

她随着拥挤的人流向前蠕动着，来到了站台上。

像是归巢的蜂群，人们背着大包小包从紫薇的身边掠过，匆忙奔向每一节车厢的门口。紫薇却停了下来，望着身边一张张陌生的带着急切归家欲望的面孔和一双双行色匆匆的脚，心里越发感到凄凉。清冷的月光照在她的身上，显得她的身影十分孤单。她抬头望了望天上那轮明月。月光照在她的脸上，她惨白的脸庞满是无尽的哀伤。

临上火车的那一刻，她蓦地流下泪来。看着怀里已经熟睡的芊芊，紫薇偷偷擦去了眼边的泪水。今夜无论是去还是留都让她感到疲惫、倦怠和深深的无望。

火车快要开动了，乘务员提醒送亲友的人们抓紧时间下车。紫薇向车窗外望去，送站的人们挥动手臂在向各自的亲友告别。紫薇似乎也受了他们的感染，她不愿让那无休止的哀怨悲苦带在身边系绊着自己。就在火车开动的一刹那，她决定了自己该抛弃的一切，一种朦胧的却又拂之不去的潜意识出现在了她的心灵深处。

她要报复。

四

紫薇的去而复返让公公很是意外。

当紫薇抱着芊芊站在他面前的时候，公公简直不敢相信自己的眼睛。不过他很快就从惊诧中走了出来，伸手就去接紫薇怀里抱着的芊芊。

紫薇看都没看他一眼，径直向自己的屋子走去，公公像影子一样跟了过来。

离开刚刚几天，紫薇对这间屋子竟然有了陌生。她看了看四周，慢慢把芊芊放在床边。

公公说是要看看芊芊，来到床边。紫薇往旁边躲了躲。

公公察觉到紫薇对自己好像没有太多的戒备，胆子也就大了起来。扭头看着紫薇，脸上带着笑问："这几天去哪了？可把我给急坏了！"

紫薇冷冷地说："我去找黄安。"

"咋这么快就回来了？"

"吵架了！"

公公眯着眼睛，心里琢磨着紫薇讲的这几句话是真是假。

紫薇背对公公，脱去外衣，然后爬上床，开始收拾床上凌乱的东西。公公盯着紫薇浑圆的臀部，那是一道既在眼前又十分遥远的亮丽风景。

公公心花怒放，殷勤地说：“坐了这么长时间的车一定累了，我去给你做点儿吃的来。”

紫薇平静地说：“不用了！一会儿我自己来做。”

公公笑眯眯地盯着紫薇，试探地问：“你回来有什么打算?”

紫薇一边用刷子刷去床边的灰尘一边说：“找工作!”

公公怏怏地说：“我看还是算了，找个工作，活又累挣钱又少，再说小孩子也没人带。”

紫薇放下手里的刷子，说；“我总得自食其力!”

公公对紫薇的脸作了片刻的凝望之后，心中又燃起了占有的欲望，凑近紫薇说：“你用钱就跟我说，咱犯不上去打工。”

紫薇说：“我自己有两只手，能养活自己。”

公公笑了笑，说：“那是！我的一个朋友开了一家装潢公司，前几天说要招一个文员，也不知招到没有。”

紫薇两眼望着墙角，不知是听还是没听。

公公瞟了紫薇一眼，接着说：“不过我那个朋友也不是盏省油的灯，你去了我还真是有点不放心。”

紫薇扭过头来看着公公。公公急忙说：“我没别的意思，我是说咱犯不上为那几个钱去给他卖命。”

紫微长出一口气，说：“我总得自食其力，靠谁也不如靠自己。”

公公无语。

紫薇低下头，想自己的心事。

公公转身回了自己屋子。很快，手里就拿着一张银行卡来到紫薇面前。

“这是十万，你先收着!”

紫薇用眼角瞥了一眼公公，说：“这是什么钱？不明不白的！我不要!”

公公将银行卡放到床边上，说：“这些你先拿着，以后用钱你只管说。”

紫薇带着嘲讽说：“这钱总不会是白给我的吧?”

公公笑而不答，看着紫薇，就像是等待一场精彩大戏的开场，充满了期待。

紫薇拾起银行卡在手里翻弄着，若有所思。

公公的两眼有些放光，额头上的皱纹也都舒展开了，心想：“钱就是个好东西！刚才她还在和我斗气。这不！见了钱马上就像变了一个人似的！我是真他妈的笨呐！早怎么就没看出来她也爱钱呢?!”

紫薇瞟了一眼公公，嘴角漾着一丝笑。

公公像是得到了暗示，上前一步，拉住紫薇的手，浑身抖个不住。

“紫薇！我的小亲亲，只要你答应我，你让我咋样我就咋样！要什么我就给你什么!”

紫薇轻轻地闭上眼睛。

公公满脸通红，呼哧呼哧地喘着粗气，一把抱住了紫薇。

紫薇向后一仰，公公一下扑到她身上，双手撩起她的衣襟，像猪一样拱着她鼓胀的双乳。

紫薇双眉紧皱，心里恨恨地说：“黄安，这回你该叫我一声娘了吧?”

公公热血沸腾，脖子上青筋暴突，迫不及待地去扯紫薇的衣裤。紫薇下意识地抵抗一下，但还是放弃了。

转眼间，一个光洁柔软的紫薇赤裸裸地暴露在公公眼前。

公公的眼珠子瞪得都快要掉了出来，一双大手粗鲁地滑过紫薇的小腹，脸颊贴在了她的两腿间。

紫薇打了一个激灵，睁开眼，用手指了指芊芊，“她还没睡！”

公公抱起紫薇向自己的屋子走去。

五

黄安说今年不能回家和父母一起过春节让婆婆很是失望。

再有三天就是春节，她又打电话给黄安，问他到底能不能回来。

黄安说十天以内的火车票早已售完，放假的时间又很短，真的是无法回去了。婆婆放下手里的电话问紫薇：“你们是不是闹别扭了？”

紫薇低下头，不说话。

婆婆侧身看了看公公，公公坐在沙发上正在逗小孙女玩。

她轻轻地叹了口气。

很快她又把满心的不快发泄到了公公身上。“我说你就不能好好教育教育你那不懂事的儿子，平时是平时，过春节怎么还不回来看一眼自己媳妇！”

公公不以为然地说：“他们不是刚刚见过面吗？这才几天！”

婆婆一听立刻来了气：“我说你真是个老糊涂，她刚去就回来，年轻人总不在一起可不是一件什么好事。”

公公说：“那又有什么办法？你没看电视里说车票太紧张，今年有多少人都回不了家，又不止你儿子一个人！”

婆婆沉默了。

半晌她抬起头看了看紫薇，紫薇正照着镜子拨弄着自己额前的几根刘海。她的脸涂了厚厚的一层粉底，嘴唇不但涂了唇膏，唇线也勾勒得十分清晰，浑身上下散发着一股很浓的化妆品味道。

婆婆心里越发不快，心里说：“没有男人在跟前你浪给谁看？”她又溜了一眼公公，公公的眼睛正在紫薇身上。

婆婆的脸红一阵白一阵，使劲儿瞪了公公一眼。

公公的心思全在紫薇那里，根本感受不到婆婆的存在。

“扑通”一声，小孙女掉在了地上，接着传来“哇”的一声哭叫。

婆婆气不打一处来，对着公公吼道：“你们各忙各的，就没有一个人把心思放在孩子身上！”

紫薇赶紧放下手里的镜子，抱起芊芊，轻轻地抚摸着她的后背。

公公起身来到紫薇面前，伸出手，想从紫薇怀里接过芊芊。

紫薇避开公公，抱着芊芊走了出去。

婆婆望着她走出去的背影，皱起了眉头。

从这天起，婆婆开始监视公公。

春节长假过后，婆婆不时就会打电话到公公的办公室去问公公今天是否上班。一旦公公不在，婆婆就会详细追问公公到底去了哪里。

几个星期过去了，婆婆一点收获也没有。然而她却越来越觉得儿媳和公公的关系有些不对劲。

婆婆想出一个新主意。

一天，婆婆和公公一起出门去上班。刚到单位，婆婆就换了一身衣服返回自家小区附近的一处超市内，透过窗口向小区门口望去。

整整一个上午过去了，婆婆累得腰酸腿痛还是没有望见公公的踪影。婆婆不甘心，自己在超市里随便买了一点吃的继续监视。

下午，就在婆婆想要放弃了的时候，公公的身影出现在了小区门口。婆婆一阵心跳。确信公公已经上楼后，婆婆才出了超市，悄悄溜回自家楼房的门口。

婆婆有些心慌，这是她第一次捉“贼”。尽管是大白天，而且是捉自己家里的“贼”。

她屏住呼吸，耳朵几乎贴在了门上，去听屋子里的动静。

她努力使自己的双腿停止颤抖，然后从口袋里掏出钥匙，慢慢插进锁孔轻轻旋转着。

“咣当!”防盗门还是发出了一声清脆的声响，婆婆的脑袋里就像打了个炸雷。她整个人就像被抽了筋一样瘫倒在地上。

屋子里顿时一阵慌乱，公公穿好衣服率先跑了出来。见是婆婆倒在地上，急忙扶起，问伤着没有。

紫薇随后也跑了出来，将婆婆扶到自己屋里，问用不用送医院看一看。

婆婆十分沮丧，说自己身体不舒服才提前下班回家。刚才一阵头晕才摔倒在地上，休息一会儿也就没什么事了。

见婆婆真的像是病了，紫薇一颗悬着的心才放了下来。

婆婆却没有忘记自己一天来的使命。她眯着眼睛，仔细地观察着公公和儿媳的神态和举动，最终还是一无所获。

在以后的很长时间里黄家都是沉闷的。婆婆看紫薇越来越不顺眼，经常无缘无故地找她茬。不是东西放得不对劲就是芊芊没带好，要么就是饭菜不可口，要么就是屋子打扫得不干净。

紫薇知道婆婆对自己已经有了看法，那是由于自己做了对不起婆婆的事。不过婆婆总不至于这么快就发现自己和公公的秘密呀！或许婆婆是在公公那里发现了什么？不过紫薇一点儿也不感到害怕，这恰恰是她所期望的。她就是想让这个家庭不得安宁，要让这个家庭变得丑陋不堪，让黄安真正感到后悔和难堪。不过在黄安还没回到这个家里之前，她还是需要费点心思去和婆婆周旋。除了吃饭，更多时间紫薇是躲在自己屋子里，不去看婆婆的脸色。

她也会把自己受到的委屈发泄到公公身上。公公则是哑巴吃黄连，有苦说不出。

公公偶尔也会和婆婆争辩几句，但婆婆越来越专横，话语也越来越尖刻。公公知道这是老伴把对紫薇的不满转嫁给了自己，可心里有鬼的公公就是不敢和她发生正面冲突。

一到双休日这个家庭就更热闹了。婆婆整天发号施令，将公公和紫薇指挥得团团转。

吃罢早饭，婆婆找出一大堆东西要紫薇去洗。公公见了说："这不是上个星期刚刚洗过的吗?"婆婆听了怒火暗涌，大声叫道："用不着你护着她!"

公公气鼓鼓地说："我就是护着她又能怎么样?"

婆婆听了，挥起手中的被单就去打公公。公公没打着，玻璃茶杯却被打落在地，清脆刺耳的破碎声一下激怒了公公。公公抓起沙发上的坐垫没头没脑地向婆婆的头上打去，婆婆哭叫着和公公撕扯到了一起。

紫薇心里一颤，立刻跑过来用身体将婆婆护住。

婆婆倒在沙发上一边哭一边骂公公老不正经。

紫薇听了，心里老大不自在。她看了一眼公公，转身走了出去。

经过这次冲突，紫薇和公公的暧昧关系越发公开。紫薇不顾婆婆的白眼，总是找机会和公公待在一起。她的浪漫与天真、稚拙与纯情仿佛统统留给了昨天，代之而来的是变本加厉的放荡。一天，公公贪黑写材料，婆婆先睡下了。紫薇安置好了芊芊，将煮好的一杯热茶递到公公的手上。公公叫她去休息，紫薇却偏偏紧贴着公公坐下来。公公放下手里的热茶，一下揽住紫薇。紫薇的身子则像一股无力的水流，顺势滑倒在公公的怀里。心里有事的婆婆躺在床上怎么也睡不着，用心听着书房里的动静。儿媳和公公干吗在一起待了这么长时间？她披衣起床，蹑手蹑脚地来到书房门口，耳朵贴在门上，去听屋子里的动静。屋子里传来了公公粗重的喘息声和儿媳忸怩的笑声。婆婆这下气炸了肺，用力去推门。门关得严严的。婆婆站在门口一边用力敲门一边叫喊。这时，门开了。儿媳一边捋着头发一边从屋里走出来，眼里还带着一丝诡异的笑。婆婆冲紫薇吐了一口，骂声："不要脸!"然后冲进屋去，挥手抽了公公一个嘴巴。

公公不但没生气，还厚着脸皮叫婆婆再抽另一侧。

婆婆瘫在地上还不停地骂："气死我了！气死我了！老的少的都不要脸了，你们都给我滚出去！滚出去吧！别让我看见!"

这一晚，紫薇的感觉很不错。

六

公公将婆婆拖回卧室，扒去衣服自己先睡下了。婆婆先是哭，后来哭都没力气了，就倚在床边，似睡非睡地熬到了天亮。

紫薇早早起床了，像什么事也没发生，做好早饭给公公和婆婆端过去，然后回到自己房里逗芊芊玩。

公公看了看婆婆，心里掠过一丝歉意和不安，但还是装出一副若无其事的样子，招呼婆婆一起吃饭。

婆婆说她不吃，洗漱后上班去了。

公公站在窗前，看着婆婆走远，一下子钻进紫薇屋子。

紫薇正在给芊芊穿衣服。公公靠近紫薇，碰了她一下。紫薇不理公公。公公伸手去拉她，紫薇说："别烦我！"

公公讨了个没趣，悻悻地走开了。

在这场风波中婆婆没有占到上风，她要寻找帮助。

两个月来婆婆总是打电话给黄安，要他回来处理一下紫薇的事情。五一长假的时候，黄安终于回家来了。

黄安的回来并没有给紫薇带来威严的压迫，相反紫薇却是有些得意。

晚上，紫薇早早躺下了。

黄安走进卧室。紫薇揭去身上那层薄薄的被单，光着身子，朝黄安恶毒一笑。

黄安很平静，"你还是把自己盖起来吧！"

"盖起来干什么？这么久了，你就一点儿也不想？"

"不想！"

"我可是你的媳妇！"

"你不配做我的媳妇！"说这话时，黄安的脸涨得通红，看来他已经从婆婆那里知道了那些故事。

紫薇故意说："请你把话说得明白些！"

黄安板着脸，说："话还是不要说得太直白了，那样大家都没面子。”

紫薇笑了笑，说：“你真的那么在乎面子？”

黄安不答。

“你真想要面子就离开那个女人，我们在一起好好过日子。”紫薇说。

“不！我不能离开许菁！”

紫薇一笑：“那你就老老实实地戴着这顶绿帽子吧！”

黄安坐在她的身旁，尽量压低声音说：“家丑不可外扬，看在我们过去相处的份上，你做下的丑事我就不追究了，只要你离开这儿，咱什么都好商量。”

紫薇坐起来，披好衣服，说：“商量什么？我们已经没有什么好商量的了！”

“别那么拗！还是趁年轻，堂堂正正地去嫁个人吧！”黄安说道。

紫薇盯着黄安的脸，一字一句地说：“真是个混蛋！过去我怎么就没有看清你。”

黄安真的动了气，大声说：“你没有资格这样和我说话！”

紫薇也提高了声音说：“我有资格和你这样说话！”

这时外面传来了公公不耐烦的抱怨声，“这么晚了，小两口不睡觉吵什么?！真是的！”

紫薇将衣服甩在一边，背对黄安躺了下来，随手关掉了电灯。

坐了很久，黄安在紫薇的背后躺了下来。这个晚上他们没有再说一句话，彼此都刻意保持着一定的距离，黑暗中是互不相识般的冷漠。

在接下来的三天里，黄安和紫薇单独谈了两次。黄安说紫薇必须得主动离开，紫薇要黄安和那个女人一刀两断。两个人互不相让，每次都是不欢而散。

到了第四天，母子俩找了一个公公外出的机会向紫薇彻底摊牌。

坐在沙发上的婆婆挺直了腰杆，向坐在对面的紫薇投来一副鄙夷的目光。

紫薇觉得黄安有些可悲，母子一齐上阵本身就显得有些无奈。

黄安看着紫薇说："你知道，咱俩的缘分已经走到了尽头，你想在我们家再住下去已经是不可能的了。"

紫薇说："你是不是以为抛弃我就像是随便抛弃一件什么东西那样容易？"

黄安不假思索地说："那好！你就随便开个价吧！"

紫薇微微一笑，说："你是想用什么价把我给打发了？"

黄安说："两万！"

紫薇嘲讽地说："两万元？还真是不少，我自己都没想到我还能值两万！"

黄安有些木讷，说："那你就收拾东西吧！"

紫薇鄙夷地说："黄安，你也太没眼光了，两万元就能把老婆给打发了？"

黄安说："你该清楚，到现在你还算不上是我的老婆，充其量也只是个同居。"

紫薇毫不相让，说："老婆也好，同居也好，那芊芊总是你的吧？"

黄安说："你想怎样？"

紫薇说："不想怎样？就想这样！"

黄安说："你这样胡闹下去虽然对别人不利，可也会把你自己拖垮。我也是为你着想，离开这个家你也就解脱了。"

紫薇冷冷地说："我就是不离开！就是让你永远不得安生!"

儿媳说出这种话来婆婆是做梦也想不到的。婆婆给气得浑身哆嗦，睁圆眼睛看着紫薇，恨不得一把推翻了自己面前的茶几。她手指着紫薇说："你还讲不讲点道理?!"

紫薇狠狠地说："这一切都是你儿子给逼的!"

黄安"蹭"的站起身来，指着紫薇骂道："你真不要脸!"

紫薇也站起身来，说："你去问一问你爸，究竟谁不要脸?"

婆婆推了一把身边的儿子，大声喊道："儿子，你今天要是不打你老婆，你还算什么男人!"

紫薇赶紧说："别！别！别！请千万别这么说。我现在不是他的老婆！我现在是公公的老婆!"

婆婆听了，脸一下变得惨白，身子向后一仰，晕了过去。

黄安立刻转身去掐婆婆的人中。过了半天，婆婆才苏醒过来。

紫薇看着黄安，嘴角带着得意的笑。

黄安几步奔到紫薇面前，咬牙切齿地说："那我们就法庭上说话!"

紫薇有些幸灾乐祸，说："法庭上说什么？说我勾搭公公？说公公让你戴了顶绿帽子?"

黄安忍无可忍，揪住紫薇的衣领，拳头像鸡啄米似的落在紫薇身上。紫薇一边挣扎一边呼救。

当一切喘息和泪水平复下来的时候，公公回来了。

公公看都没看一眼掀翻在地的茶几和摔碎的茶具，直接奔向坐在地上的紫薇，弯下腰，问她伤着没有。

紫薇捂着脸，哀哀切切地哭了起来。

公公直起身，对婆婆说："我刚出去这一小会儿，你们娘俩就动粗，究竟她有什么对不起你们的?!”

公公又转过身，瞪起眼睛看着黄安，说：“你居然还敢打她?!”

黄安两手交叉放在胸前，盯着公公，眼珠子像是要滚出来一般。

公公更加焦躁，用手一指黄安，大声喊道：“这个家你能待就待，不能待就马上给我走!”

黄安咬着牙说：“不是我走！是她这个害人精该走!”

公公简直给气疯了，弯下腰转着圈地在屋子里找着什么。他一下看到了扫地的扫把，一把抓在手里，冲黄安没头没脑就是一顿乱打。一边打一边骂：“你小子真长本事了，你媳妇哪点不好？你举手就打，你这个没良心的东西!”

黄安一咬牙，一跺脚，推开门跑了出去。

婆婆不干了，踉踉跄跄扑向公公，张口骂道：“你这个老不正经的，老没良心的，这个家非得败在你手里不可!”

公公瞪着眼睛对婆婆说：“我看你就是吃饱了撑的，没事找事！放着好日子不过，偏偏和儿媳妇过不去。”

婆婆听了，一把扯住公公，干张嘴说不出话来，腿一软瘫倒在地上。公公这才傻了眼，闭上嘴不再说话。

紫薇赶紧从地上爬起，拉开抽屉，找到婆婆吃的药，端了水，扶婆婆把药吃下。

这天晚上，黄安坐火车回了自己的工作单位。虚弱的婆婆在家调养了几天才勉强挣扎起来，可心里的病却越来越重了。

也就是从那天起，婆婆就和公公、紫薇杠上了。见了这两个人婆婆一句话也没有，仿佛是和根本就不相干的两个人凑到了一起。

公公一天要向婆婆赔上几个笑脸，可婆婆还是难得和他说上一句话。

经过这次冲突，紫薇的内心产生了很大矛盾。是留下还是离开？两条路已经摆在她的面前。紫薇感到很疲惫，像是一种卸掉沉重负担后的疲惫。原来，她已经厌倦了这个并不属于自己的家庭。

公公却是一如既往地纠缠她，紫薇总是说："我已经烦透了，我要安静！"

静下来的紫薇对自己一年多的经历做了一次深刻反思，她对自己年纪轻轻就稀里糊涂地做了人妻人母感到后悔，尤其是对自己半年来近乎荒唐的放荡感到羞耻。她心里一遍遍地问自己：我究竟是怎么了？

当黑夜来临，身边的芊芊睡熟的时候，房间里寂静得让她有些害怕。她害怕这黑夜，无边的黑夜压迫得她喘不过气来。她不得不打开电灯，灯光惨惨白白地照下来，整个屋子更加显得空旷和寂寞。她就像是一只迷途的羔羊，不知自己真正的家在哪里。

她想起了花溪镇，那里有她的亲人，她应该回到那里去。不知为什么她又想起了少原，黑夜中她发出一声轻轻的叹息。

她想她已到了该离开的时候了，可她又不能抱着一个没有任何名目的女儿去见自己的母亲，去见那些熟悉自己的人。

她打开灯，拿出了纸和笔。她要在走之前给公公和婆婆留下一封信，求公公和婆婆能够抚养芊芊。她为自己的过错向婆婆道歉，乞求婆婆的谅解。

天快要亮的时候，紫薇收拾好了自己的东西，来到床边。她俯下身，再一次亲吻自己的女儿。泪水顺着她的脸颊汩汩地流下，直流到女儿的小脸上。

她坐下来望着女儿，睡梦中的芊芊脸上还带着甜甜的笑。紫薇不知道天亮时找不到妈妈时女儿小脸上还会有这样的笑容吗？

紫薇不敢再去看女儿，她怕自己这样看下去真的会无法走出这间屋子。

天亮了，是该走的时候了。她把写好的信和公公给自己的那张银行卡一起放在书桌上，然后看了看熟睡的芊芊，一狠心打开门，走了出去。

第五章 陈愉

一

临近毕业，少原所在的班级几乎没有一个同学真正和用人单位签下合同。同学们有的外出去找工作，有的干脆回了老家。

偌大的一个教室剩下的人寥寥无几。

几天前，少原去了一次招聘会。八点钟招聘会大门刚一打开，拥挤的人们就像田野里喷洒了农药的蝗虫，呼啦一下一齐拥向那个寄托着自己全部梦想和希望的大门口。

大厅里十分拥挤，差不多每一家前来招聘的桌子前都挤满了人，挤不上去的人就站在他们身后伸长脖子去看挂在墙上的招聘广告。少原在一家生物制品公司的招聘台前停住，手举简历好不容易挤了进去。这家公司正在招聘销售代理，少原对卖保健品不感兴趣，费了好大劲儿又挤了出来。

他沿着过道从人群里艰难穿过，不时踮着脚透过人们肩膀上的缝隙向每一个方格子里面张望，不放过每一条有用的信息。少原最不愿看到，或者说最害怕看到的就是“本科”这两个字，一个上午下来他一份简历都没递出去。

陈愉是在上大二时正式和少原分手的。是一个看上去并不帅气，但出手大方的班长将陈愉从少原身边夺走的。据班长讲陈愉在北方一个三面环海的城市里找到了工作。究竟是什么工作，他也说不清。

少原整天像影子一样游荡在校园里。书是看不下去的，其实也没必要去看书，听毕业的师哥师姐们讲那毕业考试就是走过场。

这天晚上少原独自从一家小餐馆出来，一个人走在城市宽阔的街道上。虽然是夜里十点，扑面而来的喧嚣、五颜六色的霓虹灯还是让他有点晕。不知为什么他想起了故乡的花溪、花溪旁的稻田，还有绿草如茵的茶山，枝枝丫丫的茶林间那一缥缈的红衣裳。

少原知道很快在这座城市里就没有自己的立足之地了，自己和许多人一样只是这个城市的匆匆过客。

少原搞不清楚为什么他们这些专科生压根就是找不到工作，早知道就业前景如此不好，学校当初又何必把他们招进来，让他们白白搭上三年时光和父母几万元的血汗钱。他望着街道两旁高大的楼房，觉得自己很渺小，甚至比那地上的蚂蚁还不知要小上多少。

也许是酒精起了作用，少原的头脑有些茫茫然然，不知不觉中他走上了一条窄窄的小巷，小巷的两面是各种各样的店铺，店铺的上面竖着五颜六色时髦新潮的招牌，让人眼花缭乱，一家店铺的门口喇叭里传出了时下流行的一首男歌手演唱的歌曲：

唱了半天，
还是唱不干净这城市的痛苦，
可痛苦越多，

越愿意想象那明天的幸福，

我面带微笑和人们一样，

仍在这世上活着，

我做好了准备，

真话、假话、废话都他妈地说着

……

摇滚乐一会儿高一会儿低，少原的心也随着那歌声时而松弛时而揪紧，不知不觉地攥紧了拳头。不一会儿他的手心就冒出了汗，心底的惆怅也都全部融入了歌声之中。

不知什么时候，他的身边又多了一对挽着胳膊的青年男女，他们也被那歌声所吸引，一起向那歌声传来的店铺门口望去。男人一身的名牌服装、黑色的皮鞋，好潇洒。女人有着一对勾人的媚眼，嘴唇红得像是要流血，柠檬色的紧身短裙下是一双修长的玉腿，脚上是一双红色的细跟高跟鞋。少原已不再注意那歌声，他被眼前这位性感的女子吸引了，这女子简直就是一轮美丽的肉的月亮。他看呆了，整个人似乎完全融化在了里面。

男人挽着女人的胳膊向前走去，少原往前跟了几步，又停了下来。他的耳朵全是那女子高跟鞋敲击路面上发出的橐橐声。蓦地，一种恨意从他的心底升起。他盯着那男人远去的背影，把心底的仇恨全都注入进去。

他沿着街道慢慢向前走去，两边的店铺越来越少。几家没有招牌的大玻璃门内透着迷蒙的红光，几个衣着暴露的年轻女子坐在店内顾盼着每一个经过店门口的男人，那媚惑的眼神的确叫人意乱情迷。

少原越走越慢，终于在一个门上方写着“常发奇想”几个字的屋门口停了下来。“常发奇想”这几个字让他很好奇。透过玻璃门，他向里面望去，立刻就有一位浓妆艳抹的女子在屋内向他招手。少原眼里又出现了一轮肉的月亮，其实屋内还有好几轮漂亮的肉的月亮，她们都在笑眯眯地勾着他。少原一阵心跳，头也有些发晕，整个人像是在虚空里飘荡。

这时一辆黑色的小轿车在少原身边停了下来，一位夹着黑色公文包的中年男人从车内走出来，径直向店内走去。

黑色轿车又突突地向前驶去，红的黄的灯光在少原的眼前划过，像是节日的烟火。

刚刚走进店内的中年男人没说几句话就搂着一位腰细臀肥的女子进了里间。另一位十七八岁的女子款款走向门口，推开门，对少原做了一个勾引的手势。

女子鼓胀的乳房像是要把那层薄薄的内衣撑破，少原心突突直跳。

女子对少原抛了个媚眼，低声说：“哥！进来玩玩吧！”

少原拔腿就跑，一直跑到小巷的尽头才止住脚，回头一看，那家小屋已经很远了。他站在那腿还有些哆嗦，他心里十分害怕，究竟怕什么，他自己也不知道。

少原抬头望着星空，没有月亮，只有星星在画着各种奇谲的迷宫。天地间一片静谧。在这一片宁静安怡之中，他浮躁的心境也渐渐平静下来。

几天后陈愉也回到了学校。在食堂陈愉见到少原时，只是冲他淡淡一笑，接下来只顾吃自己盘子里的饭菜，少原也只是简单地向她点点头便走了过去，其实他心里十分明白，他们之间原本就没有什么可说的了，可后来发生的一切证明，事情并不是那么回事。

接下来的日子，同学们都在做着同样一件事情，去找用人单位开一张就业证明来。凭着这张就业证明，他们就可以从学校里领到自己的毕业证。尽管那是一张虚假的证明，但对学校来说就业率也是十分重要的。少原开不到就业证明，心里一片茫然。

他一眼发现了陈愉，她手里拿着烫金大字的毕业证书从人堆里走出来，步伐款款，目光也款款。

少原假装看着别处，眼睛的余光却在注意着她。

陈愉径直向他走来，步子是那样的笃定。

少原低下头，望着自己脚下的地。他没有勇气也没有资格去看她。

一双小巧的穿着白色细跟高跟鞋的脚，自信而极富魅力的女子的脚进入了少原的视野。她的的确确站在了少原面前。

“你在这儿?”她的声音声音比以往更加悦耳。

“啊……”少原抬起头，窘促地回答着。他不敢正眼看她。

陈愉友善地笑了。

少原的心里升起一股恨意，觉得就连陈愉脸上的笑也是对自己的嘲弄。

他想起自己刚进大学不久就开始追求陈愉，整整大半个学期几乎每个周末他们都会一起逛街，看电影。谁想到班长的介入给这一切画上了句号。陈愉从来不会寂寞，班长不但给了她少原能给她的一切，还包括酒楼里的美食、商场里新潮的服装。从此陈愉就不再和少原有任何瓜葛了。

大学到了第三年，同学们纷纷外出去找工作。陈愉和班长在一起的时候也越来越少，渐渐她也在班长的视线里消失了。

班长是哑巴吃黄连，有苦说不出。陈愉是大小姐脾气，即使和班长在一起时，她的事情班长也从来不敢问。

“你怎么不去取毕业证?”陈愉轻声问。

“人多，我再等一会儿。”

“是吗?”

“有什么不是?”

“你好像是在等谁?”陈愉又问。

“我无人可等。”少原的语气不冷不热。

“要分手了，你有什么话要对我说吗?”

“我们不是早就分手了吗?”

少原的回答让陈愉有些难堪。望着眼前的少原，她的脑子里出现了短时间的空白，一时不知说什么好。很快她就控制住了自己的情绪，她真的无法因为少原的冷漠而产生怨恨，毕竟是自己首先放弃了他。相反她却为自己给他带来的伤害感到内疚，她很留恋和他在一起的日子。事实上她对自己面前这个并不帅气的男生仍然心存爱恋，她知道没有谁比自己面前的这个男生更纯真和诚实，少原的确是一个值得托付的人。

“如果你不拒绝，至少我们还可以做普通朋友吧?”说这话时陈愉的眼里分明有了泪水。

少原也感到了陈愉内心的激荡，一切都表明她并没有完全放弃他。他抬起头来望着陈愉，心里的怨恨一下减少了许多，说话的语气也和缓下来。

“你一副明星派头，真是让人难以接近。”

陈愉听了，淡淡一笑。

“怎么会呢?”

这一刻，少原找回了自信，对陈愉说："我们去外面走走吧。"

他们穿过长廊，来到植物园的外面，天空下起了雨。

轻轻的细雨在微风中迷离，形成像雾又像烟的水汽，走在烟雨里宛若走进了清爽宜人的仙境。

少原停下脚步仔细看着陈愉，雨中的陈愉越发显得清丽、飘逸，简直就是梦幻中的仙子。对于少原，陈愉今天又给了他一个刻骨铭心的记忆。

她站在少原的面前恳切地说："和我一起走吧，这样我们就能长期在一起。"

她站在那看着少原，眼神里充满了期待。

少原一阵心跳，但没有马上回答她。

她望着少原问："你不愿意?"

少原也望着陈愉，在他眼里此时的陈愉既端庄又妩媚，既朴实又华彩，无论怎么看都令人心生艳羡，她从没有像今天这样让他迷恋。

他想起了李商隐的那首《无题》诗"隔坐送钩春酒暖，分曹射覆蜡灯红"。千年前的李商隐对着美丽的宫女，再情难自已也只能暗递秋波。今天漂亮的陈愉主动向自己发出了邀请，自己怎能错失这样的机会呢?

"你在哪，我就去哪!"少原说出了这句憋在他心底已经许久的话。

陈愉高兴地一把拉住少原的手，眼里透出少有的欢喜来，那神态真像是一个孩子。

他们一起走出了校园。

陈愉说："你简直像是童话里的小男孩，又清又纯。我要把你带到北方，一起去看大海。"

少原的眼里立刻出现了一个崭新的童话世界。他好像真的看见了大海，海边还有幢漂亮的小房子。小房子的四周是一片黄色的竹篱笆，院里盛开着各种各样的小花。房顶上一股白色的炊烟袅袅升起。

他笑了，笑得很开心。

二

陈愉是在大三下学期刚开始时和几个同学一起来到北方那座沿海城市的。北方的三月天气虽然已经转暖，但城市里的杨树还没长出新的叶子。潮湿的空气、清凉的海风让从小生长在内地的陈愉感到十分新奇。

她的确是比另外几个同学幸运，招聘会上一家中天地产公司的招聘人员接过了她递上的简历。也许是那位招聘人员看上了她语言运用和表达能力，没经过面试，陈愉就接到了地产公司录用的通知。

陈愉被派到二手房连锁店去做店长。几天后她在连锁店附近的一个小区内以每月400元的价格租了一间没经过任何装修的毛坯房。

其实陈愉到目前为止还没有做房地产生意的经验和知识，虽然顶着一个店长的头衔，业务还是靠其他店员来做。到任还不到两个月，店里的业绩就严重下滑，那位五十多岁的公司总经理十分不满意，亲自到店里来看个究竟。

总经理还没来得及劈头盖脸地指责这位新到任的店长一番，就被她的形象和气质折服了，甚至还言不由衷地夸奖了陈愉几句，陈愉高兴地享受着总经理夸奖和赞许给自己带来的飘飘然。

几天后陈愉就接到通知，她已被调到公司总部成了总经理的私人助理。

陈愉走进地产公司的豪华大厦，沿着大理石台阶上去，经过一道自动门进入了金碧辉煌的大厅。在一位小姐的引导下，她乘电梯来到了位于十二层的总经理办公室门口。

得到总经理允许后，陈愉走进了办公室。

总经理坐在老板台后面的转椅上，桌子上放着两部电话。总经理告诉陈愉，她的工作就是接接电话，送一送材料，有时会跟着他一起出去见一见客户。

几乎所有进出总经理办公室的人见了陈愉都点头哈腰，脸上带着自然或不自然的笑。即使她走在楼道里也会有人和她打声招呼，许多小伙子甚至还主动向她献殷勤。陈愉美滋滋地，很得意。她还不明白人们为什么会对她如此尊敬。

总经理的助理每隔半年或三个月就要换掉，最近换掉的一个在这个位置上做得最长，但也只有十个月。

每一位总经理助手都有一个漂亮的脸蛋或是窈窕的身材，她们的学历普遍不高，最好的也只是高中毕业，可她们离去时都有一份丰厚的回报，如房子、汽车等。据说有个别的还上了大学。

这次陈愉是个例外。

陈愉的前任是一个极聪明的女孩，因而在这个位子上做的时间也最长，她知道自己如何去做才能讨总经理的欢心，从而坐稳自己的位子。

平时她对总经理毕恭毕敬，认真去听他讲的每一句话。生活中对总经理更是伺候周到，总经理要外出，她总是手里拎着大衣适时地出现在他的身后。总经理的头发有些散乱，她也会用心地去梳理一番。总经理和自己的属下有了矛盾生气时，她也会设法让总经理很快从坏的情绪中解脱出来。尤其是总经理那个醋坛子老婆更是难缠，动不动就会来总经理的办公室，大叫大嚷弄得总经理十分难堪。每当这时她就会亲切绵善地来到这个形象干瘪、气焰却十分嚣张的女人面前，几句话就熨帖得醋坛子眉开眼笑，舒舒服服地离开了。总经理时常夸奖她说：“别看你文化程度不高，可你人小鬼大，为人处世让我十分欣赏，看来我是真的离不开你了。”每当这时她总是忸怩地冲总经理说：“人家不喜欢你这么说嘛。”开心的总经理大方地拍拍她的肩膀，叫她坐在自己的身边，于是那屋子里就有了罪恶。

这些陈愉都不会。

一天，总经理出去了。电话铃响了，她随手提起了话筒：“总经理办公室，你是哪位？”

对方听了，反应却是十分强烈。

“你是哪来的小娘们儿，赶紧把电话放下，我找你们总经理说话。”电话里传来的声音干巴巴的，一点也不滋润。

陈愉猜想她一定是位老女人，或许就是总经理的母亲也不一定。

“总经理不在，有什么事情我可以转告。”

对方破口大骂。

“你们这些不要脸的骚货，叫你们总经理赶紧过来接电话！”

陈愉第一次碰到这种情况，心里十分生气，“咔嚓”一声挂断了电话。

电话铃声再次响起，她又提起了听筒，这次她没有先说话。

“你他妈哑巴了！”电话里又传来了刚才那个女人的声音，声音很大，她不得不将听筒远离自己耳朵一些。

陈愉也来了火气，提高了声音说：“总经理不在！”

对方骂道：“什么他妈的不在？都是你们这帮不要脸的在这乱掺和，

你等着！”说罢一下挂断了电话。

陈愉一下明白了，她仿佛看见了电话里对自己咆哮着的那个女人的面孔，心里开始有了不安。

不一会儿，一位看上去四十多岁、形体干瘪的女人闯了进来，她的身后还跟着一位面容姣好、二十岁上下的女孩。

陈愉一下站了起来。

“请问你是……”

干瘪女人瞪起了眼睛。

“我是他老婆！”

陈愉心里暗暗发笑，故意问道：“对不起！我实在不明白你这话的意思。”

干瘪女人几步来到陈愉的面前，阴阳怪气地说：“怪不得这几天那老家伙总是不照面，敢情这里又换新的了！”接着又提高了声音叫道：“你给我听清楚了，在这里你得知道你自己是干什么的，离老家伙远一点，要是弄出点事来，我可不惯着你！”

陈愉听了，脸上红一阵白一阵，望着这个干瘪女人，不再说话。

女孩走过来，盯着陈愉的脸，眼里分明带着挑衅。盯了老半天她才拉起干瘪女人的手，不屑地说：“算了！我们走！”

临出门时女孩回头又使劲瞪了陈愉一眼。

醋坛子母女走了，陈愉只觉得自己有些呼吸困难，无缘无故地被人抢白一通，心里很不是滋味。

过了好半天她勉强坐下来，将头伏在桌子上轻轻地哭了。

屋子很静，她的心却是乱糟糟的。

本来此时自己应该坐在学校的教室里，可就业的压力迫使她不得不过早地离开了那个地方。严峻的就业形势让那些本科生，甚至是研究生都有些吃不消，何况自己这个学历最低的专科生。和自己一起出来找工作的几个同学都带着羡慕的眼光望着自己，他们大多数都已经失望地离开了这座城市，只有自己带着喜悦和憧憬留了下来，可谁想到眼下会是这种境遇。

她知道自己有一点娇气，这点在她那水滴一般纯洁娇嫩的形象中是很容易看出来的。但自己能吃苦，能耐劳，尽管工作能力不强，那可以在工作中边干边学，谁也不是一生下来就什么都会。可自己遇到的困难并不来自于工作，那个干瘪女人对自己的污辱是她无论如何也不能忍受的。

不能忍受也得忍受，适者生存，现实就是这样残酷。

她有些想不明白，两个月来自己在连锁店里工作业绩十分不好总经理为什么又提升了自己。他到底看上了自己什么，到底又为什么看上了自己。

她心里有了猜疑，其实也用不着猜疑，刚才离去的那对母女早已给了自己答案。

她有些害怕。是继续留下来，还是马上离开。

离开这里自己又能到哪里去，哪里能找到适合自己的工作。事到如今，不管怎样还是再看看吧！

她直起身子，长长地吁了口气。

片刻，她的眼眸又垂了下来，黯然地望着桌面，像是想着什么。

倏地，她眼里一下有了神采。她用手指轻轻地向后掠了掠头发，嘴角上挂着一丝淡淡的笑，那笑让人觉得她有点像个顽皮的孩子。

她想起了少原。

他们分手已经快两年了。分手后，她从来没有认真地思考过她和少原那段短暂的恋情。也许是太短暂了，短暂得有些像过眼云烟。她觉得她和少原相处那段日子很平淡，平淡得就像是一杯白开水。少原根本就没有给自己平静的心海掀起过一点波澜。

今天在这样孤独和痛苦的环境下她再次想起了少原，心中充满了各种难言的滋味。

她清楚自己是一个很平凡的女孩，生活在这个到处充斥着利益争夺虚伪欺诈和陷阱的世界里，不可能像仙女一样超凡脱俗。她需要金钱和利益，也更需要得到一份真诚和依靠。而让她感到纯真和踏实的人恰恰还只是少原。

她喜欢他的单纯、简单，而这正是过去她看不起的。今天她才知道少原对她来说是多么重要。她想让他重新出现在自己的生活里，每天都站在自己的面前。

她为他们的分手有了懊恼，然而更让她懊恼还是总经理那张油光光的大脸。

没过几天，总经理就挽着她的胳膊随随便便地走出了办公室的门。碰见的人都笑眯眯地望着他们。她立刻有了一种耻辱感，硬着头皮和总经理一起走出门去。

这次总经理要她为银行的一个副总经理陪酒。

总经理和陈愉在一家星级酒店里的包房里接待了银行的副总经理。喝到傍晚，总经理见这位银行的副总经理高兴了，便挥手将两个服务员赶出包房，然后笑眯眯地告诉陈愉自己先出去一会儿，让她一定要把这位财神爷给陪好。

陈愉已经陪那位副总经理喝了四五杯红酒，有些头晕，怔怔地望着总经理那油光光的脸，不知所措。

总经理一转身走了出去，随手又将门关上。

副总经理叫陈愉坐得近一些。陈愉像是没听见，低着头一动不动。副总经理只好站起身，端起一杯酒凑到陈愉的面前，说：“今天认识小姐是我的幸运。小姐如能赏光，请和我喝干了这杯酒。”说完将酒杯递到陈愉的面前。

陈愉想起了临来的路上总经理的交代：“无论如何今天也不能驳了这位副总经理的面子，他关系到咱们公司一两年乃至未来的发展。”

她硬着头皮，站起身，从副总经理手里接过酒杯。但她并没有马上就喝，说：“其实能够认识您也是我的幸运。”

副总经理面露喜色，自己倒过一杯酒端在手里，笑眯眯地说：“小姐真是与众不同，说出话来就是好听。”说完，仰起脖子，一饮而尽。随后两眼直直地盯着陈愉。

陈愉心里厌恶极了，脸上却带着微笑。她举起酒杯，一口气将杯里的酒全都喝干。

副总经理的脸笑成了一朵花，立刻抓起瓶子，要给陈愉倒酒。

陈愉用手按住酒杯，对副总经理说：“经理，您今天为我一个小小的助理敬酒，我真的不敢当！”

副总经理自我解嘲地说：“哎！酒桌上没大小，何况这又没有外人！”

陈愉揶揄地说：“经理您真的相信这里会没有外人？”

副总经理下意识地看了看包房的四壁，“嘿嘿”一笑说：“就数你的心眼多……”说完还是伸手去拉陈愉。

陈愉推开副总经理的手，说：“经理，我想我们的关系还没有到这一步。”

副总经理不好意思地说：“你别介意，我没拿你当外人，你们总经理和我也是老关系了。”

“既然如此，经理您请自便。”陈愉说完自己先坐了下来。

副总经理还是不肯罢休，紧挨着她坐下来，说：“我的意思是……小姐你不会不明白吧？”

陈愉瞥了副总经理一眼，说：“你可知道？我只属于我们总经理一个人！”

副总经理一下泄了气，说：“那是！那是！你们经理真是艳福不浅啊！鄙人自愧不如，自愧不如。”

场面冷静了下来。

陈愉偷眼看了一下这位副总经理。副总经理的脸上明显有了不快。陈愉心里掠过一丝不安，她真的是害怕得罪了这位财神爷，那样不但自己回去不好交代，甚至是自己的饭碗也保不住。想到这，她碰了一下副总经理说：“听我们老总说，经理您在这个地方能呼风唤雨，神通广大。我将来有一天在那里混不下去了，还请您多多关照。”

副总经理的脸上又有了喜色，拍了拍陈愉的肩膀说：“你还真是个聪明人，看事情就是比一般人有远见。不过，很多事情只可意会，不可言传。相信你一定听说过这么两句话，‘只在此山中，云深不知处’。哈哈哈哈……”

副总经理又端起了酒杯，笑着陈愉说：“小姐，请！”说完一饮而尽。

陈愉无可奈何地端起了酒杯，在这位副总经理的注视下，陈愉一口气喝干了杯子里的红酒。

渐渐地她感到两腿有些麻木，连站起来的力气也没有了，坐在自己身边的这位副总经理的身影也总是在晃动着。

副总经理将一只胳膊搭在陈愉的肩上，陈愉已经不再躲避，她的身子软绵绵的，顺势滑倒在他的怀里。

副总经理见时机已到，架起陈愉出了包间，直奔客房而去。

第二天，总经理一进门就兴冲冲地对陈愉说："听说昨天银行那位副经理把你给灌醉了!"

陈愉一阵心慌，一时不知说什么好。

总经理坐在转椅里，抬起一张油光光的大脸，笑着对陈愉说："说实在的，昨天我还真的有些怕你陪不好这位财神爷，看来我的担心是多余的了，哈哈……"

陈愉无地自容地低下头去。

总经理点了支烟，朝空中吐了一个大大的烟圈，说："过来，让我看看你!"

陈愉不好意思地走了过去。

总经理一把拉过陈愉的手，一边摩挲一边说："有什么不好意思的呀？许多女孩子找这样的机会都找不到！好好干，没你的亏吃。"

陈愉的脸红红的，羞怯地望着别处。

总经理从满屋子烟味里闻到了来自陈愉身体的气味。这气味使他心慌，并生出邪念来。他扔掉手里的烟头，站起身看着陈愉说："跟我出去一趟!"

陈愉望着总经理，问："去哪?"

"去了你就知道了……"

三

那座三面环海的北方城市里并没有少原想象中的小房子和竹篱笆，鳞次栉比的高楼大厦照样让他感到压抑。在没找到工作之前少原还不能去租房子。陈愉在公司找来几个纸箱拆开后铺在客厅里，少原暂时有了一个栖身之所。

三个星期过去了，少原没能找到工作。除了去参加招聘会外，他还主动去了几家公司登门求职，但都没能成功。

他的情绪十分低落。

早晨，陈愉买回一份招聘信息报交给少原，自己出门上班去了。

少原趴在地上，认真翻看着报纸，不放过每一条有用的信息，并试着打了几个电话，还是没能得到准确的答复。

他有些气闷，丢下报纸，来到厨房旁边的窗子前向大街上望去，街上零零星星地有人打起雨伞。

这是一个多雨的夏天。

五颜六色的雨伞在马路两侧缓缓地游动着，像是两条移动的彩带。少原一下子想起了花溪两边各种盛开的小花，那些小花零零星星，一直延续到山坡上的竹林旁。从他记事那时起父亲就不止一次地带他穿过花溪去自家的稻田，一路上到处都是盛开的各种小花。抬头望去，阳光在树林的缝隙里洒下来耀人眼目，竹林泥土和花草混合的湿气在炎热的夏季里让人感到十分清爽凉快，空旷的荒野、人迹罕至的山坡，那是一个童话般的世界。那里远离喧嚣，虽然寂寞，但没有烦恼。

他又把目光投向远处灰暗的天空，那里一片迷蒙。近处一座座雄起的高大建筑呈现着它青色的冷酷，连绵不断的雨丝在裁剪着他的愁绪。

几个星期的时光就这样悄无声息地流逝了，刚来到这里时的兴奋渐渐为苦恼所替代，什么时候才能找到工作？这样的等待还要多久？眼前的未来，竟是茫然一片。在这个沉闷的雨天他什么也做不成，只能躲在这个并不属于自己的家里。

一种挫败感完全笼罩了他的心头。他惶惶不安，不知想要干什么，索性蒙起头来去睡大觉。

傍晚，窗外的雨还在稀里哗啦地下。少原从铺上爬起来，又站到了厨房旁边的窗子前。他看见马路边一对青年男女簇拥着走来，男人为女人撑着伞把自己身子的大半露在雨中，直到女人钻进辆出租车里，男人才收起了那把专门为女人遮风挡雨的伞，随后自己也钻了进去。

他一下想到了陈愉，她没有雨伞。也许此时的陈愉正用手臂挡着风雨在站台上等车。

他转身回到客厅从自己的行李底下抽出一大片厚厚的硬纸板冲出了屋门。

雨水一下将他浑身打湿。他将那片硬纸板紧紧地抱在胸前，佝偻着身子向汽车站点的方向奔去。雨水顺着他的脖子流进他的后背，他不觉得冷，心中反倒涌起了一股奇妙的快感。

一辆辆公交车的尾灯划着优美的曲线在少原的眼前驶过，少原伸长脖子向公交车来的方向张望着，一个个色彩艳丽的雨伞在少原的眼前打开又收起，陈愉还是没有回来。其实每隔几天陈愉就要到很晚才回来。问她，她说她需要加班。

他怀抱着那片厚纸板，无精打采地往回走去。

进得屋来，他简单拧了一下衣服上的水，然后用毛巾擦了擦了脸，就又站到窗口向外望去。

不知过了多久，明亮的路灯下他终于发现了陈愉那熟悉的身影。她正朝这边走来。

他一阵心跳，抓起那块薄纸板，冲出门去。

她站住了，望着他手里的厚纸板，默默无语，眼里却有了泪花。

雨仍在下。

少原走近陈愉，用手里的厚纸板给她挡雨。他发现她的头发有点乱，但还没有被雨水打湿。

陈愉的目光有些恍惚，她伸手掠了掠有些散乱的头发，凄凉地笑了。

他不解地望着她，问："你怎么了？"

"没什么，遇到点小小的麻烦。"说这话时她低下头，胸脯不停地起伏着。

他目不转睛地盯着她，好像从她的身上看到了这座城市里一个个阴暗的角落。他有些恨这座城市。

她抬起头来说："这个世界上只有你最清纯。"

他丢下纸板一把抓起她的手，轻轻地揉捏着。她的手有些凉。

她默默地承受着这份爱抚。

他还是有些不放心，问："告诉我，到底发生了什么？"

她抬起头，望着少原压下满心的苦涩，勉强笑了笑，说："什么事也没发生，只是工作中遇到点不顺心的事。真的没什么！"

她的笑容终于让他放心了。

不知什么时候雨停了下来，夏秋交接的夜晚很是凉爽，特别是在雨后。

她抽出自己的手，看着少原，犹豫半天才说："有家卖场的厨具专柜要一个促销员，不知你是不是愿意去？"

少原一下来了精神，高兴地说："这很好呀！我现在并不在乎干什么，只要能工作就可以。"

她温柔的眼神略带哀婉，迟疑了一下说："只是离这里有些远，需要在那边另租房子。"

少原毫不犹豫地说："再远也无所谓，我会时常过来看你。"

陈愉今天的情绪确实有点差，望着少原欲言又止。

少原察觉到了陈愉的情绪变化，还以为她是因为两个人即将要分开而有些神情恍惚。

他认真地望着陈愉，昏暗的路灯下，她细长的眼睛越发显得娇俏，迷蒙的眼神特别性感。

陈愉却避开他的目光，抬头望着苍茫的夜空，那里没有星星，只有一望无边的寂寥。

少原的目光从陈愉的眼睛望到她的脖颈，又循着脖颈向下望去。陈愉薄薄的纱衣紧紧地贴在了身上，胸脯饱满而挺拔，令人遐想。

少原有些不能自持，上前一步，毫不犹豫地将她揽进怀里，胸膛紧紧地贴着她的胸脯。

她单薄的衣衫怎么也隔不住她软绵中恰到好处的丰盈，少原激动得有些发抖，整个身心完全沉浸在了对异性的渴求中。

她却显得很平淡，在他的怀里一动不动，眼里满是盈盈的泪水。

少原更加放肆，笨拙地把唇压向她的唇。她向后躲闪着，少原最终未能如愿。

他有些泄气，松开双臂，不解地问："你这是怎么了？"

陈愉带着哭腔说："我不喜欢你这样！你知道吗？你这是欺负我！"

少原望着她，不知说什么好。

见少原不再说话，陈愉心里也有些苍凉。她拉起他的手，柔声说道："你不该这样！在我心里你是一个最纯洁的大男孩。"

听她这么说，少原又来了兴致，反问道："真的吗？"

陈愉微微一笑，说："真的！"

忽然刮起了风，陈愉的身子微微地抖了抖。

少原再次将她拉进怀里。

她不再挣扎，默默地承受着他的温存与体贴，心中充满了幸福感。

夜泼墨般地袭来，街灯并不明亮。他们在这样混沌又混乱的状态中不知过了多久。

陈愉在少原的耳边轻轻地问："告诉我，你真的很在乎我吗？"

少原没有说话。其实他那双有力的臂膊已经为他做了最好的回答。

陈愉的目光又垂下来，动了一下嘴唇想要说什么，却又什么也没说出来。

少原捧起她的脸，仔细阅读着她的面孔，开心地说："你真美！"

陈愉笑了。

少原从心底升起一股幸福和满足。

陈愉的美丽、陈愉的可爱早已把他征服了。

四

少原在距卖场不算太远的小区内租了一间房子，尽管价格并不便宜，但总算是安顿了下来。少原工作的卖场与陈愉住的地方不在一个街区，中间还要换乘一趟公交车。少原每天九点上班有时要工作到晚上十点，而且每周要工作六天，因此他们见面的时间很少。

卖场给每个员工的固定薪水是很少的。每个人的收入都是和他们的销售状况密不可分。交完房租后少原几乎是两手空空，连吃饭都快成了问题。他拼命地工作，心里一遍遍地计算着自己每天的业绩，企盼着那个发薪水的日子早点到来。

时间似乎过得很慢，每一天对少原来说都显得特别漫长，见不到陈愉的日子总是灰色的。

命运似乎也有意在捉弄他孤寂的灵魂。然而每天他还必须精神百倍地走进卖场。

几天来，卖场正在搞促销活动，里面纷纷乱乱，人来人往。少原的两排厨具专柜被夹成一个窄窄的甬道，像是一个没有尽头的牢笼。一双双精巧的、粗笨的脚，一张张幼稚的、苍老的脸，乱糟糟地在少原的眼前闪过。从早到晚，这里闹哄哄的，似乎整个空间都在躁动着。这里永远灯火通明，似乎没有黑天白夜之分，时间也仿佛凝固了。

在这样的牢笼里工作久了会让人麻木的。

两个星期过去了。今天是周末，少原可以一整天都不到那个大牢笼里面去。上午他换了一身自认为是最好的衣服，很得意地走出了家门。他没打电话给陈愉。他知道今天她一定在家休息，他想突然出现在她的面前给她一个惊喜。

他终于站到了她的屋门前，伸手要去敲门，却听见里面发出一声“哐当”的声音，好像是椅子被碰翻了。

少原下意识地缩回了手，去听那声音。

接着传来了一阵拉拉扯扯的声音，和一个男人粗重的说话声，说的是什么少原没听清。

少原的心一下提到了嗓子眼，伸出手用力地敲了敲门。

屋子里立刻安静下来。

接着门打开了。陈愉脸色微红，喘着气对少原说："听这么大的敲门声就知道是你来了。"

她让少原进门来。少原走在前面，她跟在他的身后，迅速地用手理了理有些蓬乱的头发。

少原走进客厅，望见沙发上坐着一个有着一张油光光的大脸的中年男人，心中一下升起了仇恨。

男人正襟危坐，端着一副惯常的威仪，看得出他确实有着与众不同的身份。

陈愉赶紧向少原介绍说："这是我们公司的老总，周末路过来这里坐坐。"又向沙发上的男人说："这是我的男朋友，陆少原！"

少原看看中年男人，心里恨恨地想：整天腻在一起还觉得不够，连周末这点时间也不放过，看来也不是一个好东西。他面无表情，一把拉起倒在地上的椅子在男人的对面坐了下来。

男人脸上带着微笑，泰然地摆摆手，说："早就听说过你，你的工作还是我给介绍的呢！"

少原一阵惊讶，脸上的愠怒一下减少了许多，开始回想自己刚才的态度，是不是有些过分。

他抬头看了看陈愉，陈愉也正在看他，就在两人目光相接的一瞬，陈愉又将目光躲开了。

男人望了望少原，又笑嘻嘻地对陈愉说："今天中午我请你们俩一起吃饭。"

陈愉急忙说："不！还是下一次吧，今天我想和少原出去走走。"

男人站起身来，和蔼地对少原说："那我就不打扰二位了，以后有什么困难尽管来找我！"

少原站起身，目送他向门口走去。

陈愉跟在他的身后去关门。

少原向茶几上望去，那上面放着一个精巧的小盒子。他不知道那里面装的是什么，好奇地将它拿在手上，不停地翻弄着。

当他看清了那上面的字迹和标价时一下惊呆了，那是他一年的薪水加起来也买不起的一枚钻戒。

他像是被马蜂蜇了似的一下将小盒子丢在茶几上，又迅速坐回椅子，低下头呆呆地望着自己的脚下。

陈愉走了回来，随手从茶几上拿起那个小盒子，对少原说："你已经看见这东西了？"

少原抬起头，红着脸问："他欺负你了？"

陈愉只顾看着小盒子，没有回答。

"我在问你话！"

陈愉低声说："你别问了！"

少原站起来走到陈愉的面前，仔细阅读她的表情。

她垂下头，眼里闪动着泪花。

"你倒说话呀！"少原心里一急，提高了声音。

她把盒子放在桌上，眼泪顺着两腮流下。

"你别在逼我了，真的什么也没发生。"说这话时她的底气明显有些不足。

少原松了一口气，拉过她的手说："答应我，明天就把这东西还给他。”

她点点头，半天不再说话。

少原替她轻轻抹去眼边的泪水，说：“一进屋我就看他不像一个好人。”

陈愉说：“其实在这个世界上，哪还有那么多的好人。”

少原想了想说：“和这样的人单独在一起你不觉得害怕吗？”

“有什么法子呢？我们每天都在给这种人打工……”她无奈地说。

“可是……”少原说出半句又把话咽了回去。

她一下红了脸，站在那里眼巴巴地望着少原半天才说出一句话来。

“如果你真的在乎我，从现在开始就请不要在乎我的过去。”

少原垂着头不再说话，陈愉转身回到茶几后的沙发上坐下，两个人的心情都有些郁闷。

陈愉缄口不语，只是盯着桌面上那只装着钻戒的小盒子，目光好似专注，又好似呆滞。

过了一会儿，少原走过去，坐到她的身边，平和温善地说：“我不是不相信你，我是对那个人不放心。反正我现在已经有了工作，等我拿到了工资，你就马上辞去这份工作，我真的不想让你受到伤害。”

陈愉鼻子一酸，差点儿又流出眼泪，点点头说：“我听你的，不过你还是让我再坚持几天，等找到工作后我再去辞职。”

少原十分高兴，一把拉过陈愉，眼里带着一丝企盼。

陈愉的脸上又现出了笑，她笑得有些凄婉，不知为什么她觉得少原有些可怜。她将身子贴近少原，轻轻闭上了眼睛。

少原一下抱住陈愉。陈愉顺势一仰，两个人倒在了沙发上。

他们的身体紧紧地贴在了一起。

她双手勾住了少原的脖子，将自己温润的嘴唇送了过去。

少原轻巧地接过，在阵阵眩晕中他完成了自己的初吻。

接下来的日子里，少原每天都会给陈愉打个电话，问她是否遇到什么麻烦。她的回答也总是让少原感到放心，不过总经理最近对陈愉的冷漠却越来越让陈愉不能放心了。

她决定接受少原的建议——另谋出路，然而每个月2000多元的薪水对她来说还是充满了诱惑，辞职的事情她一直犹豫不定。

陈愉决心再坚持下去，但她终于没能坚持下来，总经理助理这个位子很快就有了新的人选。

陈愉在这个位子上也仅仅坐了几个月。

两天后的傍晚，少原过来看她。

陈愉面色憔悴，眼中还留着哭过的痕迹，一副无助的神色。少原心里一紧，问她怎么了。

她没有回答，坐在少原的身边无声地哭了起来。

三年多的时间，少原从没见过陈愉这样落过泪。他像木桩一般竖着，脑子里乱糟糟地，半天他才说出一句话。

“这到底是为了什么?”

她听了，双手捂着脸恸哭起来。

过了好一会儿，她才平静下来，告诉少原说她已经辞职了。

少原的反应却很平淡，“这没什么！没有一个人会在一个地方干上一辈子。”

陈愉没有说话。

少原说：“其实我早就希望你离开这家公司，这未必就是一件坏事。”

陈愉抬起头，仔细端详少原一会儿，喃喃地说：“我想我该离开这个地方了！”

少原问：“你要去哪里？”

陈愉说：“不知道。”

少原顿时感到一种前所未有的沉重，看着陈愉，切切地说：“你若是走了，我怎么办？”

一阵沉默。

少原碰了一下陈愉，说：“答应我，今后不要再说要走这样的话。”

陈愉伸手挽住少原的胳膊，将脸贴在他的肩上，轻轻地闭上眼睛。

他感到了她的战栗，却不知如何安慰她。

陈愉知道自己正在欺骗少原，其实她真的不忍心继续欺骗下去。她不敢告诉他真相，她甚至不敢和他见面，一见他那清纯的眼神心里就发慌。她觉得对不起他。她想：毕业后自己又把他拉到身边来这本身就是一个错，或许今生本来就不该认识他。

天很快就黑了下来，少原说：“我该走了。”

陈愉立刻有了恐慌，瞪大眼睛望着他，近乎哀求地说：“再待一会儿，行吗？”

“下个星期我再来看你。”说完少原从口袋里掏出一袋糖果递到她手上，“这是你最喜欢吃的。”

陈愉接过糖果两眼直直地望着少原，一句话也说不出来，两片薄唇如秋风中的柳叶在颤抖。

少原抓住陈愉的手，恳切地说：“找工作的事别着急，我很快就要发薪水了，不会让你为难的！”

陈愉叹了口气。

少原扳过她的肩头，给了她一个深切的吻，然后站起身，说："这回我是真的得走了，再晚就赶不上班车了。"

陈愉站起身，捋了捋凌乱的头发，温情地说："让我送送你吧！"

少原轻轻地推了她一把，"别动，日子长着呢！"

临出门时，他又回头冲她笑了笑，挥挥手，走开了。陈愉站在门口看着他走下楼梯，直到他的身影在楼道的拐角处消失。

几天后，陈愉悄悄地离开了这座城市。临走时她给少原发了一条短信。

"请原谅我不辞而别，因为我再也无法面对你。我已不再纯洁，但我不愿继续欺骗你。请不要问我去了哪里，那是一个新的地方，我要在那里找回一个新的自我。"

少原看完短信，鼻子一酸，眼前一片模糊。

五

陈愉走了，少原一连几天都打不起精神来。他每天都在打电话给陈愉，可她的电话总是在关机。少原感受到了前所未有的孤独。

在接下来的日子里，这种感觉一直缠绕着他。

命运又一次捉弄了他。试用期很快就过去了，少原没有得到卖场的聘用，但他仍不肯离开那座城市。他固执地认为，陈愉对自己爱就像山一样坚固，像海一样宽广，又像淙淙溪流一样清澈。他幻想着说不定哪一天她就会回来寻找他。

等待的日子是难耐的，他每天都在忍受着这天长地久的思念和别后漫漫无期的孤寂。

除去找工作就是睡大觉，有时一天他只吃一顿饭，一副凄凄惶惶灵魂飘摇的样子。

又是一个午后。找工作回来，他饿了，不得不下厨房去做饭。

拉开壁橱，他发现里面还有两个冷馒头。他一把把它抓在手里，带着几分莫名的悲凉与凄楚咀嚼起来。他慢慢地咀嚼着，咀嚼着那份心酸，那份孤独与苦闷。

他十分留恋刚到这座城市的日子。那时他住在陈愉的客厅，尽管是睡在铺着硬纸板的地上，可他仍然觉得很温馨。然而那温馨却很短暂，短暂的就像花瓣上的一滴清露，很快就没了踪影。

一切都成了过去。

他每天要跑好多地方去找工作，但运气总是不好。无奈的他甚至想去建筑工地去做小工。闲下来的时候他又要发信息给同学，他需要一份工作更需要马上得到陈愉的消息。

日子一天天地过去，生活越发显出它苦涩的一面。没了工作就没有了收入，尽管他精打细算，日子还是难以维系。交房租的日子很快就要到了，少原心里更加恐慌了。

他试着打了几次陈愉的电话，然而那个电话已经停机，看来陈愉是真的不会回来了。

少原的决心动摇了，开始思考自已该不该在这里继续坚持下去。

午后，他心事重重地来到外面，沿着马路向前走去。不知不觉中他来到了机场旁边的山坡旁。

他沿着一条小路慢慢向山坡上走去。小路两旁野草繁茂，静悄悄地没有别的行人，仿佛与世隔绝了一般。

一片寂静。

他不明白自己究竟要到山坡上干什么，但还是坚持着向上走去。孤寂的感觉和疲惫的痛苦汹涌而至的时候，他已经站到了山顶。身边是一棵棵碗口粗的松树，苍翠的枝叶遮住了大部分阳光，空气也变得凉爽起来。他焦灼的心也暂时得到了一丝清凉。

他的正前方就是机场，一架客机正缓缓滑向跑道，准备起飞。

少原很小就喜欢看飞机，尤其爱听飞机飞过自己头顶时传来的轰鸣声。他带着企盼，目不转睛地望着那架飞机。

一阵凉风从他的背后吹来，他微微感到了一丝凉意。他把目光从飞机上移开转身向后看去，松树的枝叶在轻轻地摇动着。风在告诉少原，秋天已经来了。

扑面而来的风让他想起了家乡。他想这南下的风也一定会刮到花溪吧？今年的花溪又该是什么样子的？还是那样秀丽吗？自己已经有好几年没领略它那迷人的风采了。

在一阵巨大的轰鸣声中，飞机拔地而起冲向蓝天。少原转回身，目光追寻着那架飞机。

飞机在西山上空转了一个弯后向西南飞去，那是少原家的方向。

少原心里一动。

飞机远去了，轰鸣声也越来越小，把少原一个人抛在了那里。

少原闭上眼睛仔细去听。他想用耳朵守住那越来越小的轰鸣声，然而那是守不住的，就像人要永远守住心中那份情感，那只是一个美丽的幻想。

他失望地向山坡下走去。

荒漠的土坡，一个孤单的身影。

风凉凉的，迎面吹来，少原不由得缩紧了身子。几天没好好吃饭，他的体力明显有些不支，走路时摇摇晃晃。此时他心里对陈愉的依赖渐渐散去，代之而来的是一种对紫薇的眷恋和歉疚。

在他的记忆里只有紫薇最能理解他。如今她在哪？她还好吗？

他很想她，真想拉住她的手，把自己的境遇说给她听。

他越走越慢，泪水在眼里打着转，使他看不清脚下的路。他站在那里，终于呜呜咽咽地哭起来。

他原本就不属于这座城市，这座城市也不需要他。他没有别的出路，他必须踏上归途。

第六章　芊芊

一

紫薇回到花溪镇的家里，一连昏睡了好几天。

杨秀芳还以为她是病了，摸摸她的头，不烫。问她怎么了？她只说自己辞了职，已经没了工作。再问，她又什么都不说。杨秀芳实在是不理解在外面工作的女儿这次回来怎么突然像变了个人似的。

刘长旺撇下铺子一天要往家里跑好几趟，问老婆："这孩子到底是怎么了？"

一个星期后，紫薇总算精神起来了。杨秀芳又问她以后有什么打算。

紫薇说她这次要在家里多待些日子，至于以后怎么样，她也不知道。

就这样又过了几天，杨秀芳对她说："你过去学习那么好，我和你爸已经商量过了，想让你再去学校复读。"

紫薇听了，有些懊恼，急忙说："你先别做这样的打算，容我想一想。"

杨秀芳说："还想什么？过去你爸不让你去念书，耽误了你。现在他也想明白了，你还不趁此机会回学校好好复习，来年考上一个好大学，也好拔出这个苦地方！"

紫薇听了，低头不语。

杨秀芳又接着絮叨。

"你还记得从前和你邻座的那个叫小静的姑娘吧！复读了一年，还是没能考上大学，去年春天早早地嫁了人。前几天我看见她，怀里又多了个孩子，整个人变得窝窝囊囊，哪像过去那么精神！"

紫薇一阵心酸，不由得流下泪来。

杨秀芳进一步开导说："看到她我就想起了你，要是不上大学，没有一个好工作，早晚不得和她一个样子。"

紫薇再也忍不住心中的痛楚，趴在床上抽泣起来。

杨秀芳见了，心疼地说："这回你爹说了，不管怎样也要把你给供出去。昨天他已经找了你们学校的蒋校长，好说歹说，人家算是答应了你去插班上课。"

紫薇一边抽泣一边说："前几年他要是能像今天这样待我，我也不至于……"

杨秀芳叹了口气说："前几年咱娘俩刚到这儿，时间短，难免人家不太实心。"

紫薇止住了眼泪。

"晚了！一切都晚了！"

"不晚！你今年还不到二十三岁。"

紫薇坐了起来，擦了擦眼泪对母亲说："现在我已经不像过去那样一门心思地想上大学了，如今那些上了大学的毕业生找工作也真的很难……”

“再难也比你现在强，我看你就准备准备吧，别拖久了，毕竟你把课程已经扔三年了。”

“让我再好好想一想!”

紫薇何尝不想上大学，凭她过去的成绩再复习一年考取一所重点大学还是不成问题的，可现如今……她心里乱糟糟的。

她站起身来到屋外，天气很好，阳光明媚。

在屋子里待得久了，紫薇早就有了想出去的冲动。她在院子里徘徊一阵后慢慢来到大街上。虽然没有化妆，神态也有些慵懒，但在花溪镇，紫薇还是很晃农家人的眼，认识的人老早就停下脚步殷勤地和她打着招呼。今天紫薇对这镇子里的一切都觉得很新奇。

花溪镇的确有了很大的变化，临街低矮的房子全都变成了两三层的小楼，一个个店铺门面虽然不大，生意却很红火。几家酒楼鹤立鸡群般矗立在临街的道边上，据说那屋子里也和城里一样有了坐台小姐。一些上班的、当官的，尤其是外地来这里做生意的男人们都乐意来这里寻欢作乐，就连兜里没有几张票子的乡下农民也藏起一身寒酸气，到酒楼里装一把财大气粗。每当夜幕降临的时候，家家酒楼的门口都会停满各种颜色的小轿车。酒足饭饱，一些腆着肚皮、衬衫下摆塞进裤腰里的中年男人就会离开酒桌，钻进灯光昏暗的大厅，搂着坐台小姐旋转起来。不会跳舞的人就拿起麦克风疯狂地号叫着。闹到半夜，临出门时还会把长得稍微像样一点的小姐给带出去过夜。据说这种夜生活在花溪镇已经成为时尚，是每个成功男人必有的生活经历，没有人觉得这样有什么不好。一个单位中的职工如果不去这种地方，就会被认为是不合群，时间长了就会被大家疏远。普通百姓家的男人如果没有这种经历，就会被人说成是废物，甚至会被人瞧不起。奇怪的是花溪镇的女人们对自己的男人却是出奇的宽容，即使是醋意十足的女人也从来没有因此和自己的丈夫发生过激烈的冲突。这种现象不是花溪镇的人根本就无法理解。

紫薇沿着街道向前走去，快到刘长旺铺子门口时她发现了一个熟悉的身影。

紫薇眨了眨眼睛，仔细去看，好像是夏慧。

她向前紧走几步，再看，不错！真的是夏慧。夏慧正站在肉铺的案板前和继父说着什么。

紫薇心里不停地问："夏慧，你怎么会在这里？你是在找我吗?"

夏慧，那是紫薇失落了很久的一个知己，今天终于在茫茫人流中发现了她。虽纯属偶然，但紫薇激动得几乎不能自已。

紫薇三步并作两步，急切地朝夏慧奔去。

从刘长旺的眼神里夏慧知道了自己身后并不平静，于是转身向后望去。

"紫薇!"

"夏慧!"

夏慧快步向紫薇奔去，两个人紧紧地抱在一起。

紫薇流着泪说："怎么会是你?"

夏慧眼睛红红的，说："真的没想到！我以为这次回来还是不会见到你的……"

紫薇叹了口气，伤感地说："三年多了，一直没有你的消息。"

刘长旺看她们如此亲密，在一旁开心地笑了。

夏慧拉着紫薇的双手，仔细阅读着紫薇的面容。她的脸和三年前相比显得有些苍白，眼眸中似乎多了一点儿忧郁，她从来没在紫薇的眼里看到过如此迷茫的神情。

紫薇的手有些发颤，望着夏慧，一时说不出话来。

夏慧的感情也变得很脆弱，她真想哭，心里酸酸的。

“这些年你在哪儿？我回来过一次可就是没打听到你的消息。”

“我没有学历，在外面混不下去，这不又回来了。”紫薇避实就虚，轻轻地将话题岔开。

夏慧听了，从心底发出一声感叹：“是啊！”

“你啊！这些年都在哪里？”紫薇问。

夏慧微微有点姐姐的样子，轻轻擦去紫薇腮边的泪水，慢慢地说：“那年我走后就去了省城，第二年遇上了一个好人就嫁给了他。后来我们一起去了株洲，在那里开了一家歌厅。”

“你是真的幸运！”紫薇羡慕地说。

“我和你不同，都三十岁的人了，还是早点安定下来好。”夏慧话题一转，对紫薇说：“你呢？以后有什么打算？”

紫薇的脸一下变得红润起来，眼睛也变得明媚而活泼。

“我继父想让我重新回到学校去，明年再去参加高考。”

夏慧感叹地说：“这倒真是一个好主意！”

她们又说了一会儿话，便离开了刘长旺的肉铺。

紫薇抬头望去，天边飘动着最美丽的云彩。

她们挽着手一起向前走去，不知不觉中来到了第一中学的门口。

夏慧突然停了下来。

紫薇向大门里面望去，时近中午，恰好赶上下课，少男少女们从教室里蜂拥而出，一起向食堂方向奔去。

这场面一下拨弄了紫薇的心弦，几年前自己不正和他们一样带着一份美好的梦想，奔走着教室与食堂之间吗？虽然紫薇的心情和几年前那天真的学生时代已经有所不同，这里给她留下了许多伤痛的记忆，但她还是渴望能再融入他们中间，和那些少男少女们一起走进教室，再由这里走向考场，接着去做她那份美好的梦。

她的眼里一下有了薄薄的泪水，那些少男少女们的身影在她的眼里越来越模糊。

紫薇已经完全沉浸在一番酸苦与快乐相融的感觉里。

突然她感到夏慧拉着自己的手在索索地发抖，扭头看时，夏慧的脸上少了刚才的红润，反倒多了一份苍白。

夏慧低着头，不知是在想着什么。过了半天，紫薇听见了她那柔细像风一样的声音。

“我们回去吧!”

二

紫薇终于没能回到学校里去，一件意想不到的事情将她的梦想彻底粉碎了。

就在紫薇回到花溪还不到一个月，婆婆派人将芊芊送给了她。

那天中午，一个自称是安徽来的中年男人和一个怀里抱着孩子的中年女人先在街上的铺子里找到刘长旺，说是要见紫薇。刘长旺关上铺子和他们一起回到了家里。

紫薇恰巧不在家里。女人问清了这确实是紫薇的家便将怀里抱着的小孩子丢给杨秀芳，说了声：“这是你女儿紫薇的孩子!”

听说是自己女儿的孩子，杨秀芳一下呆住了。她看着这个一岁多的小女孩，一时说不出话来。

男人和女人一起走掉了。

离开两个大人，对着陌生的环境，这个一岁多的小女孩又哭又闹。

杨秀芳这下傻了眼，原以为女儿这几年一直在外面工作，没想到竟然给自己弄来一个尚未懂事的小孩子。杨秀芳实在不敢相信这是真的，可她想起女儿这次回来的反常情绪，又不得不相信这一切都是真的。

刘长旺跺着脚说："这都是哪来的事呀?!"

杨秀芳脸色苍白，嘴唇发紫，一屁股坐在了地上。

刘长旺急忙上前将她扶起，说："你先别急，待会紫薇回来问问到底是怎么回事。"

杨秀芳坐在床上，对着小孩子发了一阵呆，又摇摇晃晃地站起身要去找紫薇。她实在是坐不下去了。

临出门时她又情不自禁地看了那小孩子一眼。

小孩子停止了哭叫，坐在床上正眼巴巴地望着她。杨秀芳的心情更加沉重了。

她的两腿有点麻木，但还是坚持着走出门去。刚刚走了几步却又转了回来，径直来到刘长旺面前，拉着他的手说："她爹，这件事关乎咱们一家人的脸面，千万不要对外人说!"

刘长旺看了看老婆，一脸的丧气，重重地"唉"了一声。

杨秀芳走到小孩子身边，仔细打量着她。那孩子虽然已经不哭，但眼角仍带着泪痕。杨秀芳在她身边坐下来，那孩子竟然一把拉住她的衣袖。见此情景，杨秀芳心里酸酸的，也跟着流起了眼泪。

紫薇回来了。她一眼看见坐在床上的芊芊，懵了。

芊芊也认出了她，哭着叫着向她爬去。

紫薇站在那里一动不动，望着女儿一点反应也没有。过了一会儿她有点站不住了，两条腿开始打战，但是她还是坚持着。

杨秀芳一切都明白了。

刘长旺急了，走上前问紫薇是怎么回事。

紫薇一下奔到床前，抱起芊芊，流着泪说："这是我的孩子！"

杨秀芳心里十分难受，她也转过身去——落泪了。

整整一个下午，紫薇抱着芊芊不停地哭。到了傍晚，她已经没有了眼泪，只是怔怔地对着墙壁发呆。

母亲将饭菜端到她的面前，她摇摇头，一口也没有吃。

接下来的几天里，杨秀芳和刘长旺两人的目光都随着她和芊芊的身影的移动而移动着。

紫薇面对着芊芊，一脸的疲倦，一脸的愁苦与无奈。

事已至此，杨秀芳心里也就认了。她藏起满心的痛苦与忧伤，反倒去安慰女儿想开些，毕竟在花溪镇没有人知道紫薇已经有了一个孩子。

日子一天天过去，紫薇仍旧沉默寡言，母亲开始为她忧心起来。她有时拉着紫薇，要她到外面去走一走。紫薇却固执地将母亲推开，仍旧低头沉思着。

盛夏到来了的时候，紫薇的脸颊更加瘦削，高挺的鼻梁显得眼窝有些凹陷。杨秀芳心里越发不安了。

一天下午，紫薇突然说她要出去走走。母亲仔细打量着女儿说："早些回来！"

今天紫薇的心思像是被什么牵引着，迷迷瞪瞪地走出了家门。

八月的午后，太阳如火，小镇的上空到处都飘散着热气。没走几步，紫薇的额头上就冒出了细密的汗珠。

她气喘吁吁，沿着街道向前走去，不知不觉中来到了城外。

一条小路从公路边上岔过，一直伸向远处的山坡。那是她过去上山采茶时常走的一条小路。

紫薇不假思索地走了过去。

小路越来越窄，两旁全是没膝的杂草。一只长着长长犄角的水牛正在草丛里慢悠悠地吃草。一见紫薇过来，水牛便停止了吃草，睁大两只黑黑的眼睛认真地望着紫薇，似乎在问："你是谁?"

紫薇停了下来，望着水牛那双明亮的眼睛，心里说："牛儿，你在想什么？莫非你也知道我心中的苦闷?"

水牛扇动着两只大耳朵，"哞"地叫了一声，似乎是在告诉紫薇，"我知道!"

紫薇流泪了，"牛儿，在这个世界上原来还有你能够真正了解我的心声。"

西天边上，白云如羊群般涌来。起风了，风不停地掀动着她的头发和衣衫，她一点反应也没有。

水牛忧伤地望了紫薇一眼，向远处走了。

紫薇望着草丛里水牛的脊背，泪水顺着鼻梁流下。

她继续向前走去。

渐渐地她的耳边传来了潺潺的流水声，她知道花溪就在前面，便循那水声走去。

她又见到了花溪。

她喜欢花溪。每一次见到花溪，她都会有一种新奇的感觉。

她在山坡的一片空地上坐了下来，默默地望那溪水。溪水在她的眼前跳跃着，一路向前。

她的心里也微微地荡起了波澜，那波澜一圈圈荡开去，随着她的视线一直荡进远处的茶山，荡进茶山坡下少原家的稻田。

稻田没有一个人，四周是夏天午后特有的宁静。

今年少原家的晚稻长势特别好，一片片绿色的稻苗已经将坡下的土地严严实实地遮盖起来。

在紫薇的记忆里，她不止一次地在那里见过少原。那年，刚刚参加完高考的少原从稻田里向站在花溪边上的紫薇走来。相遇时，他们默默无语，但彼此都十分清楚对方的心声。

那天少原站在她的对面，久久地望着她，像有什么心事要向她表白。她红了脸，低下头切切地等待着。但她终究没能等来少原想说的话，然而少原激情如火，撩人心魄的眼神给紫薇留下了深刻的印象，日后每每想起都会让她感到心跳。

快要分手时，少原说他一生都不会忘记那天。

紫薇流泪了。她走近少原，深情地看着他。

少原轻轻地拉过紫薇的手，张了张嘴，但他还是没有说出让紫薇企盼已久的那句话。

如今花溪依旧，物是人非，当年的少原在哪里。

初恋的日子确实很短暂，短暂得就像一阵风一片云，很快就消失了，但它还是给紫薇留下了刻骨铭心的记忆。那梦幻般的恋情就像一颗星星，永远悬挂在紫薇内心寂寞的夜空里。尽管今天的少原已不是过去的少原，紫薇也不是过去的紫薇，但紫薇仍在心里珍藏着那个甜蜜的日子，心灵深处仍在守着那份美好的记忆。

她知道自己已经没有资格再找少原，然而她始终无法将他从自己的记忆深处抹去。只要一想起少原，她心里就有一种无法遏制的激动，就会有一种无法排遣的伤感。

直到此时她才开始明白自己要来花溪的真正原因。

远处那一片片绿色的稻田在她的眼里渐渐模糊起来，亮晶晶的泪珠在她长长的睫毛上渐渐地饱满，直到睫毛承受不住时，泪珠才顺着睫毛轻轻地滑落，一直滑落到她的腮边嘴角。

绿色的稻田、青翠的茶林、悠悠的白云，历历在目，天地间一片寂静，寂静得连心跳都能听得见。

整整一个下午，她都是这一个姿势：将下巴放在屈曲的两膝之间。

太阳偏西了，坡地上的草叶被涂上一抹金色的亮光，她还是默默地坐在那里。暮色中她的身躯已经成了一个浅黑色的影了。

这时，山野里传来了刘长旺一声声粗犷的呼喊："紫薇——你在哪？"

她站起身，往来时的方向走去。

这个夏天她经常一个人来这里，一坐就是很久。

三

一天，花溪镇的人们惊讶地发现刘长旺老婆的怀里多了一个小孩子。

又过了几天，人们发现紫薇牵着小孩子的手在院子里玩耍。

好奇的人们便去问刘长旺。刘长旺先说是捡来的一个孩子，人们不信。后来刘长旺说是自己一个亲戚家的孩子，人们还是不信，便继续追问。刘长旺眼一瞪，吼道："紫薇的孩子！咋的？"

人们听说紫薇有了一个两岁的孩子便追问刘长旺他的女婿是谁。刘长旺给问得急了，抄起了杀猪刀。人们便不再追问下去，各自的心底都生出一些不光明的想法来。

当晚，刘长旺回到家里，老婆端上了饭菜，一家人围在桌前吃饭。刘长旺说自己要喝点儿酒。老婆赶紧从酒瓶里倒出半杯白酒递给刘长旺。

刘长旺嫌不够。

老婆劝他说："大热天，还是少喝点吧……"

刘长旺一把抢过酒瓶，来了个瓶底朝天，将杯子倒得满满的，然后抬起脖子咕咚一声向喉咙里倒了一大口酒，看了一眼身边的紫薇和芊芊，长长地吐了口气。

老婆两眼直直地望着刘长旺，发现他的一双红眼里今天又多了几条鲜红的血丝。

紫薇感到很压抑，很心烦，便放下饭碗退下桌子。杨秀芳说："怎么一碗饭没吃上几口就不吃了？"紫薇说："我今天有些不舒服。"便走了出去。

刘长旺看了一眼老婆，没头没脑地说："这帮王八蛋，就是看我好欺负！"

老婆以为他生意上又遇上了什么不顺，便劝他说："她爹，啥事又使你生气？"

刘长旺想起老婆告诉自己"千万不要往外说"的那句话，看了老婆一眼，继续喝自己的闷酒。

在这个枯燥闷热的夏天，刘长旺的那句话给花溪镇制造了一个越嚼越有味的话题。

一天中午，芊芊不见了，紫薇和母亲赶紧出去寻找。

她们一直找到大街上。紫薇对母亲说这样不行，两人必须分头去找。于是母女俩一个向东一个向西急急忙忙向前寻去。

紫薇拐过一个街口，远远地望见那个卖冰棍的老太太身边围着一群人，便急匆匆地奔了过去。

正是一天里最热的时候，卖冰棍的老太太似乎生意很不错，人们站在大毒的日头下，一边舔着冰棍一边和脚下的老太太聊着什么。

卖冰棍的老太太天生爱讲闲话，家长里短什么都敢讲，最害怕的就是嘴巴闲下来。她说镇上谁家有钱就像那家的钱是她帮着数过的；她说谁家男人有外遇就像那事情是当着她的面发生的。

不管阴天还是晴天，她的身边总是围着一群人，老太太从来都不会寂寞。

一个三十来岁的中年男人见老太太脚下爬着一个一岁多大的孩子，不解地问："老太太，这是谁家的孩子？"

"刘长旺姑娘的私生子！"老太太爱答不答地说。

"就是刘长旺家那个叫紫薇的姑娘？奇怪！和谁生的？"

"出去了两年，不知和谁弄出来的！"

"那姑娘是干啥的？"

"这年头漂亮的脸蛋就是本钱，你说能干啥？"

中年男人蹲下身，将手里的冰棍送到芊芊的嘴边，说："告诉我，谁是你爹就给你冰棍吃！"

芊芊的两只眼睛盯着送到嘴边的冰棍，舌头舔了几下嘴唇。

"说，谁是你爹？给你吃冰棍！"

芊芊忽闪着明亮的眼睛，莫名其妙。

中年男人有些失望，站起身说："一看就是个杂种，长得谁也不像!”

一个矮胖子说:“你没看出来,她长得有些像我!”

另一个人附和说:“像!还是真的有点像!”

矮胖子弯下腰,将手里的半截冰棍递到芊芊的嘴边说:“管我叫爹,给你吃冰棍!叫啊,叫爹……”

芊芊眼巴巴地望着嘴边的冰棍,叫出声来。

矮胖子欢欣鼓舞,将手里的半截冰棍递给了芊芊。

周围的人发出一阵开心的哄笑。

不知谁在说:“你小子真是艳福不浅啊,那孩子居然管你叫爹。她妈是全花溪镇有名的大美女,做梦都有人惦记着。”

矮胖子站起身,看着身边的人,大大咧咧地说:“回去我马上就和我那驴脸老婆离婚,这连娘带崽我全都要了!”

中年男人有些醋意,说:“你小子吃着碗里的还望着锅里的,就不怕把你给累死!”

矮胖子厚着脸皮说:“这你还真别担心,哥们儿的身体就是好!哈哈哈哈……”

卖冰棍的老太太接着说;“和那姑娘相好的人多了去了,还能轮到你?!弄不好,那杀猪的刘长旺还不一刀捅了你!”

这时,紫薇分开人群,一眼发现了被人们围在中间的芊芊。

芊芊坐在地上,一身尘土,手里攥着半截冰棍。

看见紫薇,这群明里打架斗殴、暗中偷鸡摸狗的人一下子闭上嘴巴,纷纷退到不远处,看着这对母女,现出一副鄙夷的神色。

矮胖子并没有马上离去,站在卖冰棍的老太太身后,一对小眼睛斜睨着紫薇。

紫薇抓住芊芊的一只胳膊，抢过她手里的冰棍扔在地上。

芊芊有些舍不得，伸出小手去地上抓那半截冰棍。

紫薇一把将她从地上提了起来，在她的屁股上掴了一巴掌。

芊芊“呜呜”地哭了起来。

矮胖子咧了咧嘴，缩头耸肩地溜走了。

紫薇抱起芊芊用袖子给她擦去眼泪，头也不回地走开了。

当晚，杨秀芳说紫薇和芊芊白天受了很大委屈。刘长旺听了，闷闷地躺在床上，一言不发。

关于紫薇的流言，杨秀芳倒也不是第一次听说。那天她去大市场想随便买点什么东西，沿着过道还没走多远，就听见几位卖针织小货的大嫂正凑在一起议论紫薇。一位脸色黑黄的大嫂把道听途说来的紫薇和芊芊的故事添油加醋地说给大伙听。杨秀芳听了，脸一下就现出苍白来。那天人很多，没人注意到她。她什么也不去买了，转身像贼一样匆匆溜出大市场。回到家里老半天，她仍旧觉得心口堵得慌。对这种议论她也是完全没奈何，她没有能力阻止这种流言的传播，更没有办法去追究这些不靠谱的话究竟是从谁的嘴里先溜出去的，又是谁把它反复加工成现在这个样子。她害怕了，一连好几天都不敢出门，但她更害怕这些话有一天会传到紫薇耳朵里。她尽量不让紫薇外出。有时照看不住，紫薇出去了，她就一个人站在院子里惴惴不安地向街上张望着。紫薇回来时，她都要仔细观察她好半天，看她的情绪有没有什么变化，而自己还得装成气定神闲一般。

她苦恼透了，不过她还是对刘长旺说：“能忍还是忍了吧，别去招灾惹祸。”

刘长旺瞧了一眼老婆，“哼”了一声说：“连老太婆都他妈敢欺负我了!”

第二天，刘长旺去铺子时特意拐到卖冰棍的老太太面前，狠狠地说：“没事老实地卖你的冰棍，别他妈的乱嚼舌头!”

面对这个不好惹的主，卖冰棍的老太太翻了翻眼皮，使劲往地上吐了口唾沫。

刘长旺瞪了她一眼，转身走了。

四

又过了几天，花溪镇一位很有名气的酒楼老板姚成禄托刘长旺的一个老熟人朱大耳朵来找刘长旺。朱大耳朵一进刘长旺的铺子就绽开一脸笑容，拉过一把椅子自已先坐下，然后慢慢说明来意。

“我们老板的儿子看上了你家紫薇，老板想和你结个亲家。”

刘长旺一听就来了气，涨红了脸说：“嗬嗬嗬，你啥也别说了！你回去告诉姚成禄，我家姑娘高攀不起!”

原来，两年前这位开酒楼的老板每天都要在刘长旺的铺子里赊肉，赊多赊少都是由刘长旺先记账，过些日子酒楼老板派人来一并结算。一次，两人因为账目不清而发生争执，那天两人都翻了脸，各不相让。最后刘长旺一把扯碎了账单，发誓再也不把猪肉卖给姚成禄。这位酒楼老板说他今后就是连毛吃猪也不再买他刘长旺的猪肉。两年过去了，这两个人就是走个照面谁也不和谁说句话，仿佛是根本就不认识的两个人。姚成禄的儿子姚二小，今年二十六七岁，瘦长的个子像根豆芽菜，从小就有一个抽羊角风的毛病，不知啥时就会昏倒，口吐白沫，僵直的身子就像一截干柴棒子。据说几年前曾在外地处过一个对象，两人在逛街时姚二小就突然倒在地上，牙齿咬得咯咯响。女孩没见过这阵势，当街给吓了个半死。待姚二小清醒后，女孩说啥也不干了。花溪镇上的人家都知道姚二小有个爱抽风的毛病，没有人愿意将姑娘嫁给他，姚二小至今仍是光棍一个。

这次朱大耳朵是受了姚成禄的重托，务必要为儿子玉成此事。朱大耳朵在姚成禄面前许下诺言，一定把这件事当成自己的事来办，就凭自己和刘长旺多年的老交情，说句话他刘长旺还是会给些面子的。

朱大耳朵心里并不着急，他知道刘长旺是个急性子，只要多磨一会儿他的倔脾气自然就会缓和下来。他从口袋里掏出香烟，自己点着一支，又递给刘长旺一支。刘长旺摆摆手，说自己已经戒了。朱大耳朵点着烟，吐了几口烟雾，不紧不慢地说："你先别把门封死。依我看紫薇嫁给二小真是天造地设，没有什么比这更合适的了。"

"我看谁也没有你家姑娘合适，就让你自己姑娘去嫁姚二小吧！"看来今天刘长旺的倔劲还真是挺足。

朱大耳朵心里有了不快，脸上却仍然带着笑，"咱们哥俩可不是一年两年的交情了。别看这次是他姚成禄托的我，其实我心里可是完全为了你好，你这样说话真是不知好歹！"

刘长旺说："我这么大岁数难道连好歹都分不清？那姚成禄的儿子要是没病还能到现在搞不上对象？"

"你说这话就不对了，如今人家姚成禄家大业大，就这一个儿子，挑什么样的姑娘没有，还不是人家二小单单看上你家紫薇了？"

"他爱咋看咋看，反正我家紫薇不嫁给那个病秧子！"

"听人劝，吃饱饭。如今你家紫薇带着一个孩子，人家不挑她就已经不错了，你别不知好歹！真是一头倔驴！"

刘长旺一听，生了气，说：“我再不知好歹，也能分出来一个里外拐，不去当那狗使的奴才！”

朱大耳朵有些恼火，说：“好你刘长旺！看来你真是不知好歹。我是为你好才和你说这番话，你怎么骂我?!”

刘长旺气呼呼地说：“难道你刚才那话就不是在骂我?!”

朱大耳朵苦笑着说：“我怎么能骂你？你整天糊里糊涂地守着这个肉铺，知道别人都在怎样说你吗?”

刘长旺不在乎地说：“谁爱说啥说啥？我没听见!”

朱大耳朵笑了，“说你是一头倔驴还真不假。算了！真要是听不见倒也好！省得心烦。”

刘长旺的自尊心一下受到了伤害，跳起来叫道：“你说!”

朱大耳朵说：“说……说你把一个干姑娘留在家里，老牛专啃嫩草。”

刘长旺红了眼，破口大骂：“我操他八辈祖宗，谁他妈这么说我……”

朱大耳朵见刘长旺上了道，便来了个火上浇油，说“你要没那心思，干吗不把她嫁出去？把她留在家里你究竟图的什么？心里有鬼还怕别人说?”

刘长旺觉得自己受了天大的侮辱，一肚子的窝囊气不知往哪发泄。说这话的要不是自己的老熟人朱大耳朵，他早就会跳起来去扇他几个耳光。

这时，外面来了几个买肉的。刘长旺气呼呼地站起身去做自己的买卖。

突然他看到了一个熟悉的面孔，那是酒楼老板姚成禄。姚成禄正站在街上望着自己，咧着嘴巴眼里似乎还带着一丝友善的笑。此时在刘长旺眼里，姚成禄眼里的笑就好像是一把刀。朱大耳朵刚才的那番话就是从那张笑着的嘴巴里蹦出来的。

刘长旺暴怒了，抓起案板上的割肉刀，冲出了铺子。他的身子前倾，两只胳膊拼命摆动着。由于发怒，没有几根头发的光脑袋在阳光下闪着亮油油的光。姚成禄觉得有些不对劲，一眼看见了刘长旺身后奔过来的朱大耳朵。朱大耳朵正朝他大声嚷嚷着。尽管他听不清朱大耳朵在嚷什么，但一看刘长旺扑来的架势就知道不是什么好事。姚成禄的反应确实要比刘长旺快得多，当刘长旺离自己还有两三步的时候，他来了个好汉不吃眼前亏，就像是去跑接力赛，没等到那把割肉刀送到自己身边就箭一样地从刘长旺眼前冲了出去。

刘长旺无力再追，蹲在地上，大口大口地喘气。

朱大耳朵追到刘长旺的身边，还想说点什么。刘长旺白了他一眼，气冲冲地说：“少给我装好人，滚!”

朱大耳朵讨了个没趣，脸色很难看，尴尬地走开了。

五

黄昏时分，屋子里仍然很闷热。紫薇怀里揽着芊芊，坐在自家院子里，看着天空中被夕阳染成胭脂色的薄云。

下午，刘长旺早早就卖完了肉。回到家，心里仍在和朱大耳朵怄气。晚饭时闷着头喝了几杯酒，没吃饭，躺在床上就睡着了。母亲杨秀芳收拾完厨房里的活，站在屋门口望着院子里的紫薇和芊芊，心中满是凄凉。

黄昏的小镇一点也不安静，街上照旧人来人往，很远的地方传来生意人杂乱的叫卖声。

太阳虽然落下去了，可被阳光烘烤了一整天的地面正往外散放着热气，让人觉得有些气闷。白天刘长旺对母亲说，要把芊芊送人的一番话现在还让紫薇心里乱糟糟的。

女儿芊芊如今成了继父和母亲的一块心病，是这个家庭每个人都感到痛苦的根源。全怪自己，一个没出嫁的姑娘家不明不白地有了一个孩子，这是一件极不光彩的事情。自从芊芊给送回来，母亲就很少出门。紫薇知道人们会很放肆地去猜想去传播芊芊的来龙去脉，会把芊芊和自己在外面这两年的经历描绘得一塌糊涂。然而这还不是最重要的，让紫薇更担心的是继父会不会真的把芊芊偷偷送给别人。依她过去对刘长旺这个人的判断，这完全是有可能的。继父虽然有了很大的转变，对自己不再像过去那样，可到底他不是自己的亲生父亲，谁能保证他什么时候又会做出出人意料的事情。既然自己和芊芊让他为难，那自己为何不带着芊芊离开？可离开这个家自己又能往哪里去？带着一个孩子自己又如何去工作？两年来自己在外面的经历不已经是很失败吗？她看了一眼芊芊，心里一下升起了怨恨：都怨你！都怨你！你为什么来得这样早？你把我害得不浅！她两手使劲揪住芊芊的耳朵，眼睛一眨不眨地望着她。芊芊被她揪疼了，哭出了声，她一下回过神来，又把芊芊紧紧地抱在怀里，此时她觉得芊芊这个生命是多么可爱和珍贵。生活中如果真的没有她，自己一定会觉得空虚，会觉得缺少了什么重要的内容，每一天都会过得很痛苦。她坐在那，又默默地流泪了。

她担心的事情却一点点地向她逼近。

这些天刘长旺不愿意说话，看芊芊的脸色越来越难看。几天后的一个中午，刘长旺早早关上铺子回到家，当着紫薇说：“刚才有人跟我说，县里有一个老师家，两口子三十好几，不生育，想要个孩子。人家说了，男孩女孩不挑剔，只要健康就行。我想来想去，你还是把她送出去好，我答应了，人家就在外面等着。”

紫薇的心在颤抖，一下子流下泪来。“爸！求求你，我没别的要求，你让我再带芊芊一年，等她再大一点我马上就离开。”说着，她走到刘长旺面前，双膝跪了下来。

刘长旺没想到紫薇会这样，一时没了主意。

杨秀芳怀里抱着芊芊，来到刘长旺面前，说：“她爹，你看芊芊多可怜，就依了孩子吧！”

刘长旰“唉”了一声。

杨秀芳拉起紫薇，对刘长旺说：“她爹，我们娘俩来到你这已经好几年了，孩子从未求你做什么，今天因为芊芊……”她说不下去了，背过身去，偷偷地流眼泪。

刘长旺觉得有些委屈，转向紫薇说：“我不是计较一个孩子，我只是想把芊芊送走，你也好解脱出来，将来也能干点什么或是找个好人家。”

紫薇流着泪说：“爸！你若真心为我好，就让我把芊芊带上一两年，那时我也好安心地去找份工作做。”

刘长旺叹了口气，说：“其实我是想就凭你过去的学习成绩，明年考上一所大学还是有可能的，我打听了，即使分数不够，多花一些钱也是可以去念大学的。都怪我，是我把你给耽误了！”

紫薇听了，一下子哭出声来。

第七章 蒋少康（二）

一

十月中旬，一个暮色苍茫的傍晚，少原一个人回到了花溪镇。

已是黄昏，狭窄的街上行人匆匆，摩托车出租车的喇叭声响成一片。少原在人和车的缝隙中穿行，不一会儿就望见了自家院落。少原有点恍惚，记不起这三年的大学时光是怎样度过的，而自己就像是清晨出去觅食黄昏又要归巢的乌鸦一样又突然出现在自家门前。

高兴的少原妈来不及和几个月没见面的儿子说几句话，就赶紧去张罗晚饭。疲惫不堪的少原躺在床上和父亲陆怀玉诉说这几个月的经历。

少原告诉父亲自己在外面还没有找到工作，这次回来是想去第一中学看看能不能先找个事情做，他在外省的几个同学都分别找到了一份支教的工作。

陆怀玉沉默了半天，说："咱家在花溪镇没有一门说话管用的亲戚和朋友，这件事看来没什么希望。"

少原低下头去不再说话。

看见儿子一脸的愁苦，陆怀玉又说："找工作的事别急，慢慢找，总是能找得到的!”

这时，少原妈将饭菜端了上来。少原像饿了几辈子似的，狼吞虎咽地吃起来。少原妈叫他慢点，他像是听见又像是没听见似的“嗯”了一声，又继续吞着碗里的饭菜。那吃相着实让父母目瞪口呆。

吃也吃了，喝也喝了，少原很简单地向父母讲了自己这几个月在外面的经历，但他还是回避了和陈愉在一起的事情。

短暂的欢喜过后，父母又开始为儿子眼前的事情发愁。

少原垂着头说自己并不想就这样在家待下去。的确，念了三年大学就这样整天待在家里无所事事，父母的脸上也无光。

陆怀玉说：“支教的事明天你自己去看一看，即使不行咱也不搭啥。”

少原若有所思地恍惚一下，张张嘴，但没有说话。

这个晚上少原一直没有睡好，除了找工作的事情外他还想着一个人，那就是紫薇。表面上看他和这个昔日同学已经没有任何关系了，可不知为什么今晚少原总是想起她，她在做什么？她还好吗？她不会是已经嫁人了吧？少原心里很乱，他想不清楚自己能回到花溪来究竟和她有没有一点儿关系。

第二天上午，头昏脑涨的少原去了花溪镇第一中学。

一踏进校门，他就迈不动步子，好不容易上了楼，来到校长办公室的门口就听见了蒋少康正在办公室里和什么人在谈话。

少原远远地在一边等着，来往的人很多，没有人真正注意到他。走廊并不宽敞，有时他还会被人撞到一边。他只好无奈地躲开，再找一个空地木讷地徘徊着，直到屋子里的人全部走光时他才鼓足勇气向校长办公室的门口走去。

他定了定神，然后轻轻敲了敲门。

得到允许，少原走进了办公室。

蒋少康靠在椅子里，脸上一点表情也没有，看着少原问："有什么事?"

少原有点压抑，恭恭敬敬地站在校长面前。他感到今天自己的脑袋像是一只装满泥巴的瓦罐，想不出一句完整的话来，费了好大劲才向校长解释了自己今天来的目的：他想来这里支教。

蒋少康平静地说："花溪镇中学现在不缺人!"说完打了一个大大的哈欠，将身子往椅背上一靠就闭起了眼睛。

足有片刻时间少原忘记了自己是在和蒋少康在谈一件事情。他觉得自己像是走进了一座墓穴，面对着的是一具陈年僵尸。蒋少康那消极甚至是有些轻蔑的姿态让他很是恼火，可他还是不得不站在那静静地等候着这具僵尸的苏醒与复活。

又过了一会儿，桌上的电话铃响了。蒋少康睁开眼，慢慢抓起听筒，漫不经心地问了句"谁呀……"，电话听筒里传来一个年轻女人的声音，刚听了一句，蒋少康就立刻转过身去，似乎有意将话筒躲开少原。

是谁在给蒋少康打电话少原不知道，但一看蒋少康那兴奋的表情就知道那不是在接一个一般人的电话。他厌恶地瞪了蒋少康一眼。

电话这边的蒋少康更多时间是在听那个女人讲话，他自己只是做一些简单的应答，很少说出一句完整的话来。少原很尴尬而又很无奈地等待着。

过了好半天蒋少康才挂断了电话。他见少原还没走，脸上分明有了不快。

少原毕恭毕敬地说："校长，你能不能再考虑一下我的要求……"

蒋少康提高了声音，"我说过花溪镇中学不缺人。"

少原脸上一阵发热，他后悔自己就不该这么冒冒失失地来求蒋少康。他低下头，逃跑似的退出了这间屋子。

他来到了大街上，却不知该往哪里去，站在一棵枫树下，两只脚像是生了根似的，就是迈不动。

不一会儿，街上刮起了一阵风。少原背过身去，觉得额头有些冷，用手一摸，那上面已经冒出了很多虚汗。

今天正好是集市，街上人来人往。本地和外地的商贩们贴着路边一字排开，不遗余力地向行人兜售着自己的货物。有人被小贩们的伶牙俐齿所吸引，有人则不理不睬仍是继续走自己的路。

店铺门口音响发出的噪声，小贩们的吆喝声，还有市场管理员的呵斥搅成一锅粥，少原越发感到烦闷。对家乡的亲切感荡然无存，心中满是心酸与绝望。

这是花溪镇一天中最忙碌的时候，最疲惫不堪的时候。

游动的小贩像是在沿街乞讨，少原心底闪出一个字眼："乞丐"。此时他觉得自己真的已经成了一个乞丐，一个叫天不应叫地不灵的乞丐。他想起了陈愉，想起了紫薇，还有那具闭上眼睛僵尸般躺在椅子里的校长蒋少康。

他心里乱糟糟的，他更无法忍受眼前这乱糟糟的场面。他一下有了力气，迈开大步向前逃去。

他来到一间肉铺前，一群人围在肉铺的门口好像和掌柜的在争什么。少原不愿去看。他仰着脸，朝天空望着。天蓝蓝的，空无一物。然而他却是十分专注地望着。也许他幻想着自己可以化成一片云或一只飞鸟，自由自在地飞出这个让人厌恶的小镇。

他看得久了，收回了目光。

“哎呀！原来是少原，啥时回来的？”一个油脂麻花、头顶没有几根头发的中年男人一边往秤上添肉，一边和少原打着招呼。

少原顺着那声音看去，原来是刘长旺。

他心里又生起了厌恶，刚刚抛弃的烦闷又重新涌上了心头。不过他还是耐着性子回答道：“昨天，刚到家。”

刘长旺放下手里的活儿，笑眯眯地说：“真快，一转眼大学都毕业了！”

少原想起了三年前的一天。那天也是在这个地方，他把紫薇的准考证交给了刘长旺。刘长旺的脸上也是带着这样的笑。可还没等少原走远，他就把决定紫薇一生命运的准考证撕了个粉碎……

少原望着这个秃顶男人，脸上有了不屑。

“紫薇也回来了……”刘长旺说话的声音很低，既像是喃喃自语又像是说给少原，神色显得很无奈。

少原心中掠过一丝惆怅，不过他还是装出一副无所事事的样子，漫不经心地问：“她……还好吧？”

刘长旺一下子皱起眉头，“唉”了一声，不再说话。

少原的心不安了，却又没法再问，只是站在那，呆呆地望着刘长旺，期望他能再说出点什么来。

刘长旺却将话题扯到了别处，少原和他寒暄了几句便匆匆地回到了家里。

一见少原回来，少原妈赶紧跟过来仔细地端详着儿子的脸色，问：“见到校长了吗？”

“见到了。”

“校长怎么说?”

少原装出一副无所谓的样子，回答说：“校长什么也没说。”

少原妈靠在门口，沉默了。

过了一会儿，她断断续续地说：“要不咱再去别的学校看看！实在不行就在家待上这一个冬天，等来年春天再出去找找!”

少原有些恍惚，低着头像是在听又像是没听，此刻他把心思全都移到了别处。

少原妈见他不说话，脸上掠过一抹失望的阴影，默默走了出去。

少原感到有些疲惫，对着窗子发了一阵呆后，颓然地倒在了床上。

他想起了陈愉，是她给了自己许多温暖，是她给自己的生活增添了许多色彩。如今她竟离自己而去，芳踪渺然。一种剐心的寂寞，从少原的心底油然而生。

他又想起了紫薇，已经有两年多没见到她了。记得上大一时的那个春节，自己在街上正好碰见了紫薇。当两人的目光相对的瞬间，紫薇脸色一下变得绯红，眼里迸射出了少有的火花。然而，当她一眼发现自己身边的陈愉时，紫薇紧闭双唇，凝视着自己。少原清楚地看见紫薇眼里的火花一下子就熄灭了。今天，紫薇的眼神再次牵动了少原的情思。

他觉得自己和紫薇的恋情就像是一束美丽烟火，刚刚划过夜空还没来得及照亮两个人，就很快熄灭了。今天看来这如梦似幻的爱恋实在是太短暂了，原来是自己先负了紫薇。

此刻，少原的脑子清晰得好像被冲刷过一样。他认真地检讨着自己几年来的经历，一想到紫薇就感到阵阵心痛。

他想马上就能见到她，这种渴望比以往任何时候都强烈。

可是紫薇还愿意见到自己吗？他焦灼地想着。

他想，不管怎样自己还是应该去见见紫薇。

二

少原见紫薇是一个清冷的雨天。

那天正好杨秀芳不在家中，紫薇一个人抱着芊芊在窗下看雨，少原走进了院子。

紫薇很是诧异，注意看时，少原推开门，已经站到了她的面前。

他拍去身上的雨水，冲紫薇笑了笑。

紫薇很快就摆脱了这种状态，淡然一笑，说："没想到会是你，什么时候回来的?"

"刚到家没几天。"他一眼发现紫薇怀里抱着的芊芊，不解地问："这是谁的孩子?"

"我的孩子。"紫薇漫不经心地回答。

少原望着紫薇和芊芊，觉得这一切如梦如幻，一时呆住了。

紫薇却显得很平静。

过了好一会儿，少原走上前去看那孩子，他想从芊芊的脸上去寻找答案。那孩子看见生人，就像一只风天雪地里忽然找到一垛温暖干草的羊羔一下躲进紫薇的怀抱里。可过不了一会儿便回过头来，两只明亮的小眼睛一眨不眨地盯着少原。

紫薇抱着芊芊，眼里已经没有了一丝一毫的羞涩。此时她的神态是安详的。

此时，少原原本就孤寂的心情更加凄凉了，多少尘埃往事迅速涌上心头，却很难不落痕迹地消失。在情谊初开的那段日子里他们曾有过一段至纯至真又炽热的爱，但这份爱并不坚韧和持久，在时光的流转中它很快就被新找到了的爱所替代。今天站在自己面前的紫薇显得既遥远又陌生，似乎已经和他毫不相干。

“这就是紫薇吗？她怎么会是这个样子的，她一定是在和我说玩笑话。我还是应该再问一问她。”少原胡乱地思想着。

“你什么时候结的婚？”说这话时，少原竭力做得神态自然，而紫薇却看出了他勉强安静的背后藏匿着的血脉急流，淡淡地说：“两年前。”

少原没有想到紫薇回答得如此漫不经心又真实坦诚，原来这一切都是真的。一种久违了的荒芜感涌上心头。三年时光如同梦魇，花溪边上，自己和紫薇的过去已经完全成了陌生的风景和人事，原来紫薇和自己真的已经不再有一点关系了。

少原一阵黯然，后悔自己今天不应该这么冒冒失失地来见紫薇。

他想自己还是该早点回去的好。他扭头看了一眼窗外，雨还在淅淅沥沥地下。他刚要走，又犹豫了，目光被顺着屋檐流下的雨线给吸引了。雨线时断时续飘忽不定，显得毫无生气，原来是风把那细细的雨线给搅乱了。

又过了十分钟，少原还是没有走，雨也没有住，他们依然面对面焦灼地立着。

看少原失魂落魄的样子，紫薇找了个话题问：“你现在哪里工作？”

少原一脸的无奈，说：“毕业后我还没找到一个像样的工作。”

紫薇询问少原最近的情况，少原说在外面找工作很难，他这次回来想去第一中学支教，但没能成功。

紫薇叹了口气，说：“我还不如你，竟然到了这地步……”

少原看着紫薇，张了几次口，想问点什么，但还是忍住了。他怕给紫薇带来更多的痛苦。

紫薇一下想起了陈愉，问少原：“你那女朋友，她现在怎么样了?”

这句话是彻底碰到了少原的痛处，他低下头，半天没回答紫薇。

他们好像无话可说了。

少原又看了一眼紫薇，只一眼就发现紫薇已经不再是过去那个羞涩柔媚的女孩，她的身上已经有了成熟女人的气象与风韵，那是他过去从未发现过的。这种成熟女人的风韵让他既陌生又入迷。

他为自己过去没能珍惜和紫薇之间的感情而感到羞愧，甚至是深深的自责。今天的紫薇已经为人妻为人母。假如自己当初没有遇见陈愉，也许今天站在自己面前的紫薇就不会是这个样子，而这一切都是自己铸成的错。他真的希望时间能够倒流，让一切都重新开始。

陈愉走了，紫薇嫁人了，工作没能找到，三年时光自己一无所有。少原的心开始颤抖，上牙与下牙开始了轻轻叩碰。他再也控制不住自己的情绪，双手捂面无声地哭泣起来。

紫薇心中一阵凄楚，望着身边的少原一遍遍地想：他还是昨天的那个少原吗?

她抱着芊芊，慢慢走近少原，眼中满是泪水。她将一只手放在少原的肩上，说：“就让这一切都过去吧！你前面的路还很长……”

少原哽咽着说：“晚了！一切都晚了！”

紫薇怜爱地望着少原。他虽然算不得帅气，却也厚道善良，就连哭泣时的样子也让人心动。

渐渐他止住了哭泣，一把拉住紫薇的手说：“告诉我，你的一切……”

紫薇流着泪说：“你看到的就是我的一切……”

少原说："我明白了！如果时间可以倒流，你还会接受我吗？"

紫薇轻轻摇了摇头。

"不！我一定要让时间回到过去，相信我，给我一次机会吧！"

紫薇听了泪如雨下，泣不成声。

少原一阵心疼，更紧地握住了紫薇的手。

渐渐紫薇止住了哭泣，一切又归于平静。

少原说："再过几天我就要走了。"

紫薇问："非走不可吗？"

"这里没有出路。"

"再去学校，做一次努力吧！"

"只是……"他又朝她望了望便低下头去。片刻，他又抬起头，眼里放出少有的神采来，"我听你的，明天再去找蒋少康。"

她望着他，没再说话。

他向她告别，临出门时他再一次仔细看了看这对母女，心中涌出了几分酸楚。

他走出门去，朝前走了几步，又回头看了一眼紫薇。紫薇很平静地站在那，正看着他。

他转身向前走去。紫薇望着他的背影，心里涌出几分异样的感觉来。她听着他远去的脚步声，一步一步，沉甸甸地，像是踏在她的心上。

三

几天后，少原无奈地来见紫薇，说他给蒋少康送三千元钱，但被拒绝了。

紫薇说：“其实也不少了！”

少原说：“我听说前年来一中支教的两个毕业生今年马上就要转正了。”

紫薇说：“他们是哪里来的？”

少原说：“一个是镇长的侄子，另一个是书记亲戚的女儿。”

紫薇说：“我明白了。”

少原说：“教育局那里我一个人也不认识。现在我就是想花钱，蒋少康这个混蛋都不收。”

“看来是非得走蒋少康这条路了？”紫薇无奈地说。

他们在心里一遍遍地过滤着能够送下这笔钱的人选，但这些人选又一个一个地被推翻了。

最后，紫薇说：“让我试试吧！”

晚上，一中校长值班室。

紫薇推开门，走了进去。

校长蒋少康安坐在紧靠床边的一把椅子上，很细致地翻看着一本书。

紫薇轻轻地叫了声：“校长……”

蒋少康抬起头，冷淡地一笑，说：“你是谁呀？”

十月底的夜晚，屋子里并不算凉，紫薇却打了一个寒战，说：“校长真的记不得我了……”

蒋少康放下手里的书，直了直身子，棱角分明的脸庞仍旧透着健康的黑红，看似温情的眼睛如今却带着少有的冷峻，和三年前相比分明有了很大的变化。

紫薇沉了沉心，对蒋少康说；“今天我替少原来求你！”

蒋少康笑着说：“你凭什么求我？”

“我想你心里是清楚的！”

蒋少康背靠在椅子上，望着紫薇，不言语。

“校长你就帮帮少原吧！”

“你自己去上边找人吧，上边要是同意我不反对。”

“少原没有那个能力！”

过了半天，蒋少康说出了一句和这件事情毫不相干的话，“听说你已经有了一个孩子？”

紫薇平静地说：“是的！”

“陆少原的孩子？”

紫薇没有回答。

蒋少康盯着紫薇，半天没说话。

“这是少原一点意思。”紫薇掏出一个纸袋放在校长桌上。

“我不要钱！”蒋少康直了直背，眼睛停在紫薇的胸脯上。

紫薇问：“校长想要什么？”

“我要什么你心里也清楚！”

一阵沉默。

“校长非要不可吗？”紫薇问。

“非要不可！”蒋少康的语气很坚决。

一声叹息。

紫薇站在那撩了撩有些散乱的头发。

屋子里异常的安静，安静得似乎都能听到对方的心跳。

“你把钱拿回去吧！”

蒋少康说话的声音不高，紫薇深受震撼，一种挫败感笼罩了她的心头。片刻，她似乎受到了一种力量的驱使，下意识地抓住自己胸前的纽扣。

她低下头，伸手去解自己的第一个纽扣，她解得很慢。

蒋少康瞪大眼睛望着紫薇去解纽扣时的手指。

第一个纽扣解开了，紫薇露出了脖颈。

她又解开了第二个纽扣，露出了一片胸脯。

她的双手迟疑了一下，还是解开了最后一个纽扣，然后抓住衣服的两边，将它轻轻地抖落在地上。

望着紫薇坚挺的乳峰，蒋少康脸上露出了得意的笑，像是下命令似的说："还有那薄衫，脱!"

紫薇犹豫一下，慢慢扯去了紧贴身子的薄衫。

蒋少康的目光又从紫薇的胸前移到她的腰间。

紫薇双手抓住裤带，眼里满是泪水，一边看着蒋少康一边动手去解裤带。

她用很长时间才将裤带解开，但却用双手抓着裤腰，望着蒋少康。

校长心里又升起了优越与傲慢，看来他已经找回了丢失许久的面子与自信。他站起身，慢慢来到紫薇身边，嘲讽地说："三年前你交钥匙时可不是这个样子！我原以为你真的很了不起，看来也不过如此!"

紫薇将头偏向黑暗里，一动不动站在那，像是一尊没有感觉的雕塑。她的思维仿佛也和她的身体一样凝固住了。

蒋少康从地上捡起紫薇的衣服，往她怀里一塞，说："你可以走了，陆少原的事我来办!"

紫薇疑惑地看着蒋少康，简直不敢相信这是真的。

又过了几天，少原就得到了蒋少康的通知：同意他去第一中学去支教。听到消息，少原激动得跳了起来，他赶紧来见紫薇，将这一消息告诉了她。

紫薇只是淡淡地说："去吧。"

少原走了，紫薇站在窗口望着。仅仅几天的时间，紫薇似乎又消瘦了许多，眼神里又多了一丝虚弱和迷茫。

几天后，少原去花溪镇第一中学上班了。

那天夜里，他激动得睡不好觉，他想到了紫薇。尽管她已经是有了一个孩子的女人，可她的气质和风韵在花溪镇无人可比，自己在她面前说话时也多少显得有些底气不足。

少原觉得自己已经越来越离不开紫薇了，几天见不到她心里就有些发慌。陈愉这个名字只有偶尔才会想起，她的形象在他心里已经一天天地淡下去了，淡到几乎不复存在。这些天紫薇的心思和从前相比似乎发生了很大的变化，见了少原总是很少说话。少原问她："你心里在想什么?"她却笑笑说："没……没什么。"

紫薇的心思就像笼罩在稀薄的晨雾中，少原看不透，猜不着。少原心中不仅是困惑，还有失望和哀伤。

紫薇知道少原心中仍在想着她，但她还是不相信这一切真的会有一个完美的结果。自从见到少原以后，她心里爱的火焰在慢慢地熄灭，剩下的只是一点温情。她甚至有意在疏远少原，即使见了面也像是无话可说。她在认真地思考着和少原的关系，有时想的脑子生疼，甚至一整夜都不合眼。

少原几次约她出去走走，紫薇苦涩地笑笑，摇了摇头。

而少原心中只想着一个人——紫薇。

四

有了工作的少原心情很好，目光里也分明流露出欢喜来。一有时间还是往紫薇家里跑。

紫薇的情绪仍旧十分低落，除了不愿说话外，眼神还多了几分忧郁。她无法亲近少原，却又无力摆脱少原。心灵的挣扎犹如梦魇，想逃跑，又跑不动，心中之烦闷，怕是无人知晓。

一天晚上，少原约紫薇出去走走。紫薇虽然不情愿，但还是和他一起走出了家门。

街灯闪耀着昏黄的光，就像是少女柔和的目光，迷蒙中带着几分恬淡。在这样的夜色里，身边有紫薇相伴，少原倒是觉得自己十分幸福。

其实，就像每一个男性一样，少原恐怕更是离不开年轻漂亮的女性。这次和紫薇的重逢重新燃起了他的激情，他从来没有像今天这样对他们之间曾经的爱备感珍惜。

紫薇并不是这样，她并不觉得自己很幸福，或者说这幸福来得并不切实，并不真切。

见她沉默不语，少原问："你是不是对我们的未来还有些担心?"

紫薇的眼泪差点夺眶而出，伤感地点点头。

少原说："我该怎样你才能相信我?"

紫薇一双模糊的泪眼望着少原，轻轻摇了摇头。

少原沉默着。

过了一会儿，紫薇平静地说："我想，我该离开这里了。"

少原心里一阵发空。紫薇这句话让他一下想起了陈愉。回到花溪后少原觉得他和陈愉之间简直就是一场梦，今天梦虽已醒来，可他心里却留下了永远也无法弥合的伤痛。此时紫薇说的恰恰就是那天陈愉对他说过的话，他真的很害怕，害怕紫薇也像陈愉那样弃他而去。

他急切地问："你要到哪里去?"

紫薇说："出去找一份工作。"

少原低下头去，很长时间不说一句话。他感到有些冷，浑身上下从里到外的冷，两只手不由自主地哆嗦起来。他努力控制着，很长时间才控制住。

她微微叹息一声："你在想什么?"

少原有些头昏，思绪也有些恍惚，他不知该怎样回答紫薇。

紫薇默默望着他。

少原却伸出手一把拉住了紫薇。

紫薇挣脱他的手，往后退了一步。

少原心里编织的和紫薇浪漫的未来一下破灭了，他觉得自己是真的失去了紫薇。

紫薇说："我们回去吧。"

少原立刻有了悲伤，转过身去流泪了。

紫薇的心一下软了下来。沉默了一会儿，她轻轻拉了少原一下，一个人往前走去。

少原擦了擦眼睛，从后面跟上。

他们默默地走着，彼此都不再说话。天空下，只有两个人轻重不同的脚步声。

还是少原率先打破了沉寂，"答应我，先不要出去找工作。"

她小声说："可我必须得走……"

少原有些黯然，说：“我们总算是又见面了，难道这么快就要分开?”

“有些事并不一定由得了我们。”

“我想我们没有理由再分开。”

“可我总觉得我们还是分开的好。”

“不！我不能让你走!”

“忘了我吧！就让这一切都成为过去!”

少原一把拉过紫薇，伤情地说：“其实，我是真的害怕再次失去你。”

紫薇哽咽着说：“其实，对你来说现在还算不上失去。”

少原摇了摇头。

他不能再次失去紫薇……

五

冬天到来的时候，蒋少康调离了花溪镇。这个在花溪镇第一中学做了六七年校长的人物走得并不体面，是一个还算得上漂亮的女人断送了他在花溪镇的官运。

蒋少康凭着自己的聪明和才干把花溪镇中学打造成了全市有名的一所重点高中；除了市第一第二两所重点中学外，花溪镇中学的升学率在全市是最高的。他给花溪镇带来了荣耀，也给自己头上增添了许多光环。蒋少康的名气越来越大，人们尊敬他，讨好他。在一片赞誉声的背后，他也获得了非常可观的物质利益。一到新生入学的时候，人们想见一见蒋少康比登天还难。蒋少康总有吃不完的饭局，接不完的电话。

花溪镇中学那位和蒋少康相好了三四年的女会计因为经济问题被公安局抓走后没几天就把蒋少康给撂了出来。蒋少康费了许多周折总算摆脱了一场官司，但校长是不能继续干了。接下来他的生活作风问题也在不同场合被人作为谈笑的资料。卸任的蒋少康每天还得到学校去上班，在他眼里这所学校的每一个员工都变得贼头贼脑，三个一伙，五个一串，小声叽咕什么。蒋少康觉得再待在花溪镇实在没有面子，就向县教育局提出调到其他学校去工作的请求。县教育局还是体谅了蒋少康的难处，让他到县里一所中学做一个闲职。很快，蒋少康就举家离开了花溪镇。

第八章　陆怀玉

一

传言中蒋少康还与花溪镇一个最漂亮的女子有染，她就是紫薇。据说紫薇几年前在学校食堂作保管员时就与蒋少康关系暧昧，就在蒋少康出事前紫薇旧情不忘，还在深夜去找过他。传言很快就传到了少原的耳朵里。少原先是一愣，但很快就清醒了，那一定是有人造谣中伤。他相信紫薇是绝不会有这种事情的。

刘长旺将听来的故事告诉了老婆。杨秀芳听后，一连沉闷好几天。她对刘长旺说："还是赶紧找个人家将紫薇嫁了吧！"

没过几天，就有人上门给紫薇做媒来了。很快就有消息说紫薇同意嫁人了——嫁给离这里六十里地以外梨树镇一个做建材生意的老板的儿子。

这下少原是真的慌了。中午下班后，饭也没顾得吃就跑去找紫薇。紫薇低着头，眼圈红红的，看着芊芊不做声。他又去商量杨秀芳，叫她不要把紫薇嫁出去。杨秀芳皱了皱眉，说："紫薇到了该出嫁的年龄，又带着一个孩子，难得遇上一个好人家。"

少原说："紫薇不该嫁出去!"

杨秀芳说："紫薇不该嫁出去谁来养活她一辈子?"

少原心里一急，说："我来养她一辈子!"

杨秀芳笑了笑，说："你早干什么去了?你要是真想娶紫薇就马上回去和你父母说，让他们去找媒人来。"

少原回头对着紫薇说："紫薇，千万别答应那门婚事。我这就回去和我父母说。"

从紫薇家里出来，少原心事重重地回到了学校。他坐在办公室的椅子上，心里总是想着紫薇低着头，眼圈红红的样子。整整一个下午，他都神不守舍，去给学生上课时竟然走错了教室。好不容易熬到晚上下班的时候，他又绕道在紫薇家门口停了停，然后才回到自己家里。

晚饭的时候，少原费了很大劲儿才把要娶紫薇的心思对父母说出来。陆怀玉是头有名的犟驴，哪能为少原所动，听了这话，放下筷子，不吃了。少原妈也有些急躁，对儿子说："你简直昏了头!谁不知道刘长旺家的那个姑娘是个破货，还带着一个不知从哪里弄来的杂种。娶她做媳妇?亏你说得出口!"

少原争辩道："她是个好女人。只不过她的经历太坎坷了，我了解她。"

少原妈说："你了解她?那你说，她那孩子是哪来的?"

少原被这话噎得够呛。

沉默了半天的陆怀玉说话了。"天底下有的是好姑娘，你娶啥样的没有?!咋能看上她程紫薇?现在你是一个有出息的大学生，就是一个没文化种地的农民也不会娶她这种人做媳妇，养不住!"

少原说："爸！你就听我一回，我的婚事我自己做主。"

陆怀玉说："这可由不得你！婚姻大事，关系你一辈子，马虎不得。"

少原妈在一旁插话了。"你娶一个不正经的女人做老婆，不怕让人笑话。谁能保证她以后不出事，你是个老实人，怎么能看住她？"

少原见说服不了父母，急得满脸通红。

陆怀玉说："还是你妈说得对，这样的女人娶到家里也不保险，你趁早打消了这个念头。"

少原说："她真的不像你们说的那样！"

少原妈说："不那样？不那样那孩子是从哪来的？满大街的人都那么说，就你一个人说她好，真是鬼迷心窍了！"

少原还想再说什么。陆怀玉摆摆手，说："吃饭！以后别再提这件事！"

少原低头看着饭碗，凝住了一般。

一连几天，少原总是找机会和父母纠缠娶紫薇的事情。然而父母的态度是出奇的坚决——就是不同意！

少原有了恐慌——对自己和紫薇未来命运的恐慌。他害怕紫薇真的嫁给梨树镇做建材生意老板的儿子，他害怕从此就再也见不到紫薇。自己的生活里如果没有了紫薇，那将是一种什么样的日子？一切都是不确定的，而事情却又偏偏迫在了眉睫，他吃不下睡不好，整天精神恍惚，人也瘦了许多。

少原的恐慌是有道理的。没几天，媒人就带着建材老板和他那个圆鼓鼓的儿子来到了花溪镇。

刘长旺赶紧关了肉铺，陪客人回了家里。

见到紫薇，建材老板的儿子兴奋得双腿直摇。这位十七八岁就知道在小旅店嫖婆娘的公子哥一进屋眼睛就再也没能从紫薇的身上移开。刘长旺殷勤却是很笨拙地给客人们倒茶，递烟。

建材老板吸了几口烟，笑着说："这次来就是让两个孩子见见面，把这件事落实一下。"

刘长旺欢喜地说："那是！那是！"

这时，芊芊不知从哪里晃晃悠悠地跑了进来，叫着嚷着要紫薇抱。杨秀芳慌忙抓住她的一只胳膊，硬是把她给拉了回来。

刘长旺显出很无奈的样子，感叹道："唉！这不？还带着一个孩子……"

建材老板咧了咧嘴，没说话。

紫薇抱起芊芊，转身走了出去。

刘长旺急忙站起，对老婆说："她怎么走了？叫她赶紧回来呀！"

杨秀芳轻轻地碰了他一下，刘长旺这才坐下来。

他们又聊了一会儿家常，建材老板说："时候不早了，一会儿我们还要赶回去。只要他们俩看好了，咱们就往下安排。"说完站起身来。

媒人说："那也好！过两天咱们再联系。"

刘长旺亲切地说："要不？吃了饭再走吧！"

建材老板笑着说："不了！正好现在还有一趟汽车。"

客人走了，刘长旺赶紧让老婆去问紫薇。

杨秀芳走到紫薇身边，轻轻地问："紫薇，你觉得那个人怎么样？"

紫薇面色苍白，怀里抱着芊芊，两眼直直地望着窗外，似乎没有听见母亲在对自己说什么。她的心思不在了。

二

听说建材老板领着儿子去了紫薇家，少原心中十分焦急，这次他几乎绝望了。

接下来的发生的事情却又让他看到了转机。建材老板和儿子回去后托媒人捎话说要先接紫薇去梨树镇住上一阵子，看两个人生活在一起是否真的合适，别的事情以后再考虑。

紫薇像是受了天大的侮辱，断然拒绝了这门婚事。

听到这消息，少原长长出一口气。不过，接下来的事情更是糟糕，不论少原如何哀求，父母就是不同意他娶紫薇做媳妇。一连几天，父母和儿子的谈判始终没有结果。少原焦头烂额，吃饭越来越少，人也越来越瘦。晚上睡不好，白天给学生讲课无精打采，回到办公室趴在办公桌前就睡，一副极度疲倦的神态。

他想去见紫薇，却又不敢去。家里不接纳紫薇的意见十分坚决，见到紫薇他又能说些什么？少原烦闷极了。

寒假快要到了，父亲陆怀玉开始给儿子张罗订婚的事，对方是花溪镇最富有一户人家的女子。不管少原如何反对，陆怀玉还是按部就班地将这件事情做下去。此时此刻，少原想见紫薇的念头更加迫切。虽然只有二十几天没见面，可他觉得和紫薇已经分开了很久很久。这时，少原才觉得自己的命运真的和紫薇连在了一起。

相亲的日子很快就订下来了。

少原无论如何也不能再等了，他必须马上去见紫薇。

这天中午，他去了紫薇家。他说他有话要单独对她说。

不知紫薇答应还是没答应，少原率先走了出去。紫薇犹豫了一下，披上一件黑色外套，跟了出去。

出了镇子，两个人一前一后向花溪走去。他们之间的距离比较远，看起来像是毫不相干的两个人。

冬天的田野很是寂寥，通往花溪的小路无言地躺在天空下。路两边无数条被雪压弯的竹子静静地倾斜在那里，一副万年沉寂的样子。

花溪就在前面，少原停下来不走了。

他们又站在了一起。

少原看着她，眼神是无所顾忌的，一直看得紫薇把头低下去。他甚至有了一种欲望——伸手把紫薇拉进怀里。

“你的父母不是已经给你物色了一门亲事吗？”紫薇问。

“我没答应。”

“你迟早会答应的。”

少原无声。

“你有什么打算吗？”紫薇问。

“我要娶你！”少原说。

“那是不可能的！你家里不同意，我们根本就无法在一起。再说，你也到了该成家的时候，就按你父亲的意思办吧！别让我拖累了你。”

“我再慢慢地做他们的工作，不管多长时间，只要你能等着我。”

紫薇苦笑着，什么也没说。

少原说：“请你相信我，我永远都不会变心的。”

紫薇看了看冰封的花溪，伤感地说：“既然相亲的日子都订下了，你还是去看看她吧！别误了人家。”

少原想不到紫薇会说出这番话来，鼻子一酸，泪水夺眶而出。他哽咽着说："回去……回去我就告诉他们……我马上就离开这里。"

紫薇也流着泪说："不！千万不要那样做！你知道吗？你找到这份支教的工作是多么不易。"

少原抬起头，看着紫薇，一阵心痛。

紫薇说："我已经成了花溪镇一个有名的坏女人，要走的应该是我。"

"不！你是一个好女人，在我心中没有人能取代你的位置。相信我，一切都会过去的。"

紫薇哭泣着，双肩一耸一耸。

少原说："我喜欢你，今生就是要和你在一起！"

紫薇摇了摇头，说："你真的这么在乎我吗？"

少原流着泪，点点头。

紫薇向前迈了一步，拉住他的手，说："三年前，在这里你为什么不这样对我说……"

"我……那时，我心里这样想，只是没有说。"

"其实，你什么也不必说……"紫薇的声音很低，像是说给自己听。

少原一把将紫薇拉进怀里，说："请原谅我的过去吧！"

紫薇抬起头，凝眸望着少原，几颗泪珠顺着她的眼角轻轻地滑下，她是那样的凄楚可人。她恳切地说："也请你原谅我的过去……"

少原感到从未有过的幸福，一下将紫薇搂得更紧了。他对着紫薇的耳朵，轻轻地说："嫁给我吧！"

紫薇幸福地闭上眼睛，说："不管到什么时候，我都属于你。"

"永远？"

"永远！"

三

少原相亲的事最终没能成功，女方家听说少原和紫薇暗地里打得火热就把这门亲事主动放弃了，陆怀玉的脸色一天比一天难看。春节就要到了，少原说他打算搬到学校里去住。

这天下午，他开始收拾自己的东西。少原妈见了，对他说：“眼看就要过年了，你搬出去住，这算是怎么回事？有事咱能不能好好商量商量？”

少原说：“不是已经商量好长时间了吗？这回我已经想好了，出去后，我马上就去和紫薇办结婚手续。”

少原妈气得不行，说：“你走！你走！为了一个烂女人，你竟然连家都不要了！”

少原说：“不是我不要这个家，而是这个家根本就不要我们……”

他不顾母亲的劝阻，搬着自己的东西就往外走。

少原妈坐在床边，“呜呜”地哭了起来。

少原放下了肩头上的行李。

少原妈一边哭一边说：“你走吧！你走吧！就当我没生你这么个儿子……”

少原说：“妈！你就听我一次，这是我一辈子的事！”

少原妈又流了一阵子泪，说：“就是我答应，你爸他也不会答应的。”

少原一跺脚，重新背起了行李。

少原妈说：“看来你是非把我们老两口子气死不可呀！你滚吧，你滚吧!”

少原还真的走出了门外。

陆怀玉回来了，看见了儿子远去的背影，骂道：“走了！走了你就别回来!”

少原搬走了，带走了自己所有的东西。望着空荡荡的屋子，老两口子的情绪十分低落。

“他爹，咱们是不是管得太过了。”少原妈疑虑地问。

“不管？不管你操心的日子在后头呢!”陆怀玉又上来了一股犟劲。

“那以后咋办？少原说他马上就和紫薇去办结婚手续。”她不无忧虑地说。

陆怀玉眼一瞪，“他敢!”

“他人都从家里搬出去了，还有啥不敢的了?”

陆怀玉重重地“唉”了一声，接着说：“由他去。没有钱，他结个屁!”

“就算是结不成，可马上就要过年了。要不，你去把他找回来，无论如何也不能让他和那个女人搅在一起。”

“要去你去！我才不去找着他这个不知好歹的小王八羔子!”

“我怎么能说动他？我看你还是去找一下他们的校长，兴许能把他给弄回来。你听见没有?”

陆怀玉嘴里嘟囔着说：“校长？那个新来的校长我也不认识，怎么和人家说?”

少原妈有些急躁，说：“那也得去呀!”

接下来的几天，陆怀玉总是无缘无故地发脾气。他在屋里捅捅这碰碰那，似乎哪样东西都碍着了他的事。少原妈跟在他的身后，问他到底什么时候去找校长。陆怀玉发作了，抓起一只茶杯使劲摔在地上，大骂少原，他没养这么一个儿子。少原妈赶紧闭上嘴巴，躲到一边去。

几天后的一个早晨，陆怀玉还是去了学校。去的前一晚他一宿都没有睡好，心里一遍遍地盘算着见了校长该说些什么。

还没等陆怀玉把来意说完，校长只轻轻一句“那是你们爷俩的家务事”就把他的话给挡了回去。陆怀玉昨夜挖空心思，想了一肚子的话一句也没能说出来。

校长低头看着自己桌子上的一堆东西，没有心思顾及身边站着的这个人。陆怀玉讨了个没趣，怏怏地走出门去。

出了校门，他来到了大街上。腊月的花溪镇，过年的气氛已经很足。路两边卖水果的，卖爆竹的，卖各种山货和小吃的将整个一条街搅成一团糟。

前面是几家卖肉的铺子，几个灰不溜秋的老头在一家铺子的案板前观望那生肉，看样子也没心思再买点什么。

陆怀玉走了过来，他一下子想起这个春节自己家连猪排都没有买，虽然不争气的少原已经搬了出去，可说不定那天他又会搬回来，毕竟年还是要过的。

他挨家看下去，又不时向卖肉的摊主打听着，还是没有他想要的猪排。

他有些失望。

在经过刘长旺铺子门口的时候，他本能地向那案板上看了一眼，那里正放着一扇猪排。陆怀玉停下了脚步。

见是陆少原的父亲，刘长旺脸上一下有了笑容。一边蹭着手里的剔骨刀，一边和陆怀玉打招呼。

“老陆，过来看看，还用点什么?”

陆怀玉像是没听见他的话，径直奔那猪排而去。

刘长旺指着猪排说：“这是给李二家留的……”

陆怀玉有些扫兴，扭头要走。

刘长旺赶紧将他叫住，说：“老陆，你想要就先可你。明儿我再给他留。”

陆怀玉又走了回来，看了看那扇猪排说：“割一半吧!”

刘长旺二话不说，熟练地将猪排断为两半，拎起一半放在秤上……

“六斤四两！六八四十八，四八三元二，五十一元二。就五十吧!那一元二就算了，换了别人，给我五十二我也不卖!”

陆怀玉伸手去口袋里掏钱。刘长旺又说：“要是没带就先欠着，别看平时咱老哥俩没啥来往，这回恐怕还要成为亲家呢!”

陆怀玉停住从口袋里往外掏钱的手，说：“这猪排，我不要了!”

刘长旺有些不解，问：“都称好了，怎么说不要就不要了？我又没多算你的!”

陆怀玉有些恼火。

“说不要就不要!”

刘长旺也来了火气。

“已经割下来了，你不要给谁?”

“你爱给谁就给谁!”

刘长旺着实生了气，“我好心好意把留给别人的猪排允给你，你非但不领情，还净说些混账话，你是不是在哪吃差药了?!”

徘徊在另一家铺子门口的几个老头见这边有了故事，一起奔过来。

遭到刘长旺一阵抢白，陆怀玉红了脸，自知理亏，嘴上却不肯认输。

“买不买是我自己的事，我愿意买就买，不愿意买就不买，谁也不能把我咋的！”

“没见过你这样的人，说要又不要，好像我这东西卖不出去硬往你手里塞似的，那么大岁数，白活！”

陆怀玉更来了脾气，说话也没了分寸。

“谁喜欢你那破货！白给都没人要！”

“你说谁破货？”

“我说你！”

“你再说一遍！”

“一个让人包养的破货！”

周围有人小声在笑。

刘长旺眼一瞪，骂了起来。

“你个老犊子！今儿个是找死？”

刘长旺的骂声让更多的人向肉铺这里聚拢，他们挤在门口想看个究竟。后面的人也踮着脚跟，伸长脖子努力往里面看。

陆怀玉正窝着一肚子的火，见刘长旺当着这么多人骂自己是老犊子，面子实在是有些挂不住。他用手指着刘长旺，气急败坏地骂道：“你才是个老犊子，一个嫁不出去的破货，硬往人家手里塞。”

人群发出一阵哄笑。

刘长旺脸红脖子粗，拿起身边的一根杆秤，抖掉上面的秤砣，照着陆怀玉狠狠地抡了过去。

这么多人围着自己，陆怀玉躲闪不及，头顶重重地挨了一下。他觉得眼前有些发黑，脚也没了跟，晃了几晃，还是坐在了地上。他往头上一摸，手上黏糊糊的，心中有些发慌，一下子倒在地上。

刘长旺看了看自己手里拎着的半截秤杆，心疼得直跺脚。

陆怀玉躺在地上，像一根木桩。

人们将他团团围住，乱成一锅粥。陆怀玉双眼紧闭，耳朵却没闲着，在人们的叫喊声中他清清楚楚地听见刘长旺的叫骂，“这个老犊子，想讹我，没门!”

四

今天少原很是不顺，校长派人将他叫到校长室，说他来支教的事教育局没有批文，前任校长也没给一个说法，所以学校还不能留他在这里工作。

少原的头有些发晕，但他还是恳请校长暂时能允许他留在学校，教育局那边容他慢慢做工作。校长说那不符合人事程序，他负不了这么大的责任。校长特别强调：从现在开始，少原教的课程已经由别人接替了。

少原浑身冰冷，愣愣地站在那望着校长。校长就像对待他父亲那样，已经把目光投向了别处，完全失去了再和少原说下去的兴趣。少原知道再说什么都没有用，转身离开了校长室。

他先回到办公室去取自己的书本，然后又回宿舍去收拾自己几天前刚刚搬来的行李。一切就绪后，他坐在床边，看着自己的一大堆东西，两眼直勾勾地发呆。

这时，有人急匆匆地跑进来对他说：“不好了！你爹给刘长旺打坏了!”

少原"蹭"地一下跳起来，忙问："在哪儿?"

来人回答说："在刘长旺肉铺门口，这会可能送医院去了。"

少原门也没顾得上关，随来人直奔医院而去。

陆怀玉闭着眼睛，一动不动地躺在一间诊室的检查床上，少原妈拉着他的手，他的身边乱糟糟地围着一群人，七嘴八舌地议论着刚才发生的事情。

"这个刘长旺，下手也忒狠点了!""看来老陆这次伤的的确不轻。""人要是老实，就得吃亏!"

这时，人们一下停住了说话，只见少原分开人群，气喘吁吁地奔到父亲的床前，大声叫道："爸！你怎么啦?"

听见儿子的叫声，陆怀玉心里一阵慌乱，想不答应儿子，又怕儿子着急；要是答应儿子，自己的昏迷就要露馅。他横下一条心，就是不吱声。

少原急得变了声调，趴在父亲的耳边大声喊道："爸！你醒醒啊!"

这一声真管用，陆怀玉的耳膜给震得嗡嗡响。陆怀玉真的怕他继续在自己耳边大喊大叫，憋着半口气，轻轻哼了一声。

少原一把拉住父亲的手，接着喊道："爸！你醒醒！你醒醒啊!"

陆怀玉偷偷地捏了捏少原拉着自己的手。少原一下子明白了，原来父亲并没有真的昏过去。他定了定心神，对那位趴在桌子前打着哈欠的医生说："大夫，我爸他现在怎么样?"

医生坐直了身子，不慌不忙地从桌子上拿起几张单子递给少原，拖着长腔说："交费去!"

陆怀玉的头顶给缝了四针后送去了病房，医生临走时告诉少原和母亲，说病人还要观察个一两天。

围观的人们散去后，躺在病床上的陆怀玉斜睨了一下四周，哼哼唧唧地说：“刘长旺，他也太不讲道理了！不买都不行……哎哟！”他又皱起了眉头。

“爸，他把你打成这样，我要找他去！”

听少原这么说，陆怀玉心里十分高兴，嘴上却说：“还是算了吧！咱惹不起，总还躲得起吧？”

“不行！趁现在你好一点儿了，让我妈照顾着你。我这就去。”

陆怀玉见自己以退为进的策略奏了效，也就不再言语了。

少原妈拉了一把少原，说：“儿子，你还是别去！”

少原推开母亲，说：“你别管！”然后走了出去。

少原妈看着丈夫，埋怨说：“都是你……”

陆怀玉的脸上荡起了一丝笑意，眼珠在眼眶里转了转，说：“老伴，这回你就瞧好吧！”

少原妈心疼地说：“可你这伤……”

陆怀玉有些得意，说：“舍不出孩子套不住狼，明天你就是哀求他刘长旺，他也不会答应把紫薇嫁给你儿子了！”

“你就那么自信？”

“我是谁呀，陆少原他爹！小子，想和你爹弄心眼，你还得学上几年。哎哟……我怎么躺在这张床上了？”

“怎么了？”少原妈不解地问。

“这是刘长旺断腿那回住过的床……”

少原出了医院的大门，直奔刘长旺家而去。

家里只有紫薇和芊芊。

紫薇问：“伯父现在怎么样？”

少原说："还好，无大碍。"

紫薇长出了一口气，说："谢天谢地！"

少原问："你继父在哪里？"

紫薇说："他人现在派出所里，我妈刚去交罚款，说弄不好就得关上个十天半月的。"

少原说："这可不好，得想个办法！"

紫薇说："伯父巴不得他给关进去，省得以后两家走得近。"

少原说："不行，那我更得去一趟派出所。"

紫薇说："为了咱俩，你也得把这件事情给办好。"

少原对紫薇眨了眨眼，说："放心吧！"

五

刘长旺并没有被送去看守所。

在民警一番批评教育后，刘长旺交了老婆给送来的二百元罚款，又在几页纸上按了手印，然后规规矩矩地站在一边等候发落。民警说："回去后老老实实地卖肉，不准再惹是生非。"临出门时，民警将那杆伤人的杆秤丢给了刘长旺。

第二天，人们看见刘长旺仍旧在使用昨天给弄断了的那杆秤，不同的是秤杆的断裂处给缠上了几圈细细的铁丝。

听说刘长旺没有被公安局抓走，陆怀玉不干了，吵着闹着要去告派出所和刘长旺，并且要转往市里更好的医院去治自己的伤。

从派出所回来的第三天，刘长旺和老婆带着礼品去医院看望陆怀玉。谁知陆怀玉当面要开了，不但摔了刘长旺送来的东西，还大骂刘长旺没安好心，弄得刘长旺脸红一阵白一阵，拉着老婆灰溜溜地退了出去。

刘长旺刚走，陆怀玉便叫少原妈将摔在地上的东西捡起来。少原妈问他往哪儿扔。陆怀玉冲着老婆一瞪眼，说：“那是花钱买来的，留下！”

少原妈说了声：“真是的！”把捡起来的东西放在陆怀玉的枕头旁。

这时少原给父亲送饭来了，陆怀玉气冲冲地说：“不吃！气都气饱了。”

少原说：“爸，还是吃点吧！事情能过去就让它过去吧！别生那么大的气。”

陆怀玉骂道：“连你这小犊子都向着外人说话，我能不生气?!”

少原赶紧说：“不是我向着他，你想，就是把他抓进去，又有什么用?”

“看看！看看！这还不是向着他刘长旺说话?”

少原说：“我在来的路上看见了刘长旺，他说刚来看过你，既然人家已经认过错了，我看咱也不必处处往前赶。”

陆怀玉这回是真的生了气，大骂刘长旺挑拨他们父子关系。

少原赔着笑脸，说了很多安慰父亲的话，父亲却上来了犟劲，扭脸看着墙壁，一句也听不下。

见父亲如此顽固，少原说：“咱是吃了亏，可也不能不讲道理！”

“啥叫不讲道理?”陆怀玉一下坐了起来，指着自己头上的绷带说：“看见了吗？这伤就是硬道理！小兔崽子，你爹让人给打这样，是死是活还很难说，你倒他妈向着外人。”

少原说：“人家当面来赔礼道歉还不行，你究竟要干什么?”

陆怀玉气呼呼地说："就要你和他们一刀两断，从此不再往来！"

少原的目光一下黯淡下来，他实在想不到父亲做事竟然如此歹毒。让自己离开紫薇，这是一件他无论如何也做不来的事情，这下少原真是犯了难。

陆怀玉的不依不饶也惹恼了刘长旺。

从医院回来以后，刘长旺也耍起了脾气，来了个死猪不怕开水烫，放出话来说："他陆怀玉有啥能耐尽管去使！我不怕！"后来干脆就说："他爱咋的就咋的！"并告诉老婆和紫薇，不要再去理睬陆怀玉的那个儿子。

杨秀芳辩解说："他老子惹了你，少原可没惹你。那天在派出所不是少原出面替你说话，恐怕你现在还在拘留所里待着。"

刘长旺瞪着眼睛说："不管咋的，就是不许和他家有任何来往！"

杨秀芳无奈地说："那可就把孩子给毁了。"

刘长旺又瞪起了眼睛："毁就毁！"

几天以后，伤愈的陆怀玉回到了家里。看见没了工作的儿子整天往刘长旺家里跑，心里更加恼火。

几个月前，自己把辛辛苦苦攒来得三千元钱交给少原，叫他打点一下蒋少康。没想到自己这个废物儿子竟然送不出去，还得把钱交给紫薇，叫她去送。就凭紫薇和蒋少康那不干净的关系，谁知道她送了没有。如今少原的工作没办成，钱也打了水漂。陆怀玉心里更加怨恨起紫薇来。他把少原叫到身边，从口袋里掏出一个塑料袋来。他打开塑料袋，露出一个硬纸包。他再将硬纸包打开，从里面掏出一打厚厚的单据来。

陆怀玉摇晃着手里的单据对少原说："你爸我这回是亏也吃了，罪也受了，可这钱不能咱自己花。你不是总往刘长旺家跑吗？顺便办点正经事，找他把这药费给报了。对！还有营养费、误工费、损失费都在这上面写着，哪样也别给忘了。”

少原望着父亲威严的面孔，乖乖地将那些单子从父亲手里接了过来。

陆怀玉又叮嘱说：“你爸我养你一回，这点事你总能去办吧?”

少原一句话也没说，抓着这打单子就出了家门。

其实他不敢（或者说不想）去找刘长旺。可不去又不行，父亲那两只眼睛就好像在脑后盯着自己。他苦恼极了。走着走着，他想，还是先去找紫薇商量一下。

紫薇很痛快地从少原手里接过那些单子，少原到这时紧张的心情才有了些许放松。

少原从刘长旺家出来，又到镇子里转了一圈，他不想马上就回到家里，他害怕父亲的催逼。

大约到了吃晚饭的时候，他才回到了家里。父亲问他事情办得怎样？少原说他已经把单子交给了紫薇。

陆怀玉一听就发起了脾气，大骂儿子是个废物，为什么不去找刘长旺直接要钱。

少原说：“找他家谁不都一个样?”

陆怀玉点着儿子的脑门说：“你是真缺心眼还是给我装傻，这会他刘长旺一把将那些单子全撕了，我还找谁要钱去？这可真是……气死我了!”

少原妈走过来，埋怨儿子说：“你爸说得一点都没有错，你这么大的一个人咋啥事也不会办！不知你一天从早到晚都在想啥?”

少原委屈地低下头，小声说：“你们两家大人斗来斗去，把我们夹在中间受苦，从来就不为我们小的想想。”

陆怀玉更是委屈，说：“说来说去，还是我的不对，我受苦受罪到底是为了谁？你这个小没良心的！唉……”

少原妈接过话来说：“我和你爸从小把你养大，又供你上大学，哪点不是为你好？那程紫薇要是个好人家的孩子，我和你爸犯得上和你去操这份心？”

少原说：“现在我就去他家，把那些单子要回来。”

“算了！算了！现在你就是去也拿不回来了。”陆怀玉不耐烦地说。

他低头想了一会儿，说：“明天我自己去找他刘长旺。”

当晚，刘长旺回到家中。老婆将少原送来的单子递到他的面前，说：“老头子，你看看，这一秤盘打出去两千多块呀！”

刘长旺瞪眼望着老婆手里厚厚的一沓单子，两只红眼瞪得有些发紫，好像是被人残暴地勒着脖子。他夺过那些单子，几把就扯了个粉碎。

老婆给吓得浑身发抖，结结巴巴地说：“这可怎么好！这可怎么好！还没给人家钱呢……”

刘长旺喘着粗气说：“没给？没给就对了！”

第二天上午，陆怀玉又用纱布将自己脑袋缠好，拄上一根棍子，晃晃悠悠向刘长旺的铺子走来。

见陆怀玉今天这扮相，大街上的人们纷纷跟在他身后，看他和刘长旺今天又有什么新节目上演。

没有顾客，刘长旺坐在椅子里，闲得直打瞌睡。当他睁开眼时，陆怀玉和一伙人已经站在了自己身边。

不待铺子主人邀请，陆怀玉伸手拉过一把油渍麻花的凳子，在刘长旺的对面坐了下来。看来陆怀玉今天是有足够的时间和耐心来和铺子主人纠缠一番。

刘长旺抬起眼皮看了一眼陆怀玉，坐在那不紧不慢地说："哎呀！这不是老陆吗？过年的东西都办齐全了吗？"

"东西是齐全了，不过头顶上这块病可不太好，不知道它能不能让我过好年啊……"

刘长旺眨着眼睛。

陆怀玉皱着眉头说："这两天也不知是怎么了，我这头哇，总是疼……"

刘长旺不阴不阳地说："那病你想让它好它就好，你不想让它好它就不会好，全凭你自己。"

陆怀玉冷笑一声，说"你是说，是我不让它好了？"

刘长旺反唇相讥，说："是不是你自己心里最清楚。"

陆怀玉说："我还真是不清楚，看来是得到一个条件更好的医院好好地看一看了。"

刘长旺说："是吗？那可得早点去，要是病大发了，这年可就过不好了！"

陆怀玉说："你这话是一点不假，真要是大发了，咱俩谁也别想过好这个年！"

听了这话，刘长旺有些恼怒，说："大不了就不过！谁怕谁呀！"

陆怀玉一点也没生气，说："你可以不过，我可是得过，而且还要得过得好。你不怕，我更不怕！咱把丑话说到头里，这个年，我就去你家过！"

刘长旺喊了起来：“陆怀玉，你到底想怎样？”

陆怀玉说：“不怎么样？你先把这回住院的钱给拿出来！”

刘长旺站起身来，伸出一只手，说：“行！把收据拿来！”

陆怀玉也站起身，瞪着眼珠子说：“你想打赖？”

刘长旺说：“空口无凭！”

陆怀玉指着刘长旺的鼻子说：“刘长旺，你这个无赖，昨天你收了那些单子，今天就不认账，怪不得人家都说你是吃生肉的，看来一点都不屈你。”

刘长旺咬牙切齿地骂了起来：“你他妈骂谁？谁看见你那些送死单子了！”

陆怀玉对着周围的人大声喊道：“大伙瞧瞧！瞧瞧他刘长旺这副德行，昨天拿了人家收据，今天赖着不给钱，大伙瞧瞧，他是个什么人！”

人们瞪眼望着刘长旺，小声议论着。刘长旺感到了一种无形的压力，口气也缓和下来，“大伙千万别听他这么说，根本就不是那么一回事。钱我早就给了他，今天他又来讹我。陆怀玉，你到底想要几回钱？”

陆怀玉给气急了，“刘长旺，你有钱去嫖去赌去交罚款，没钱还账，是不是?!”

刘长旺的脸一下涨得通红，随手抓起了秤砣。

陆怀玉见了，心里有些发毛，刘长旺今天手里攥的可不是秤盘，好汉不吃眼前亏，“你不是不给钱吗?！好！好！咱把话放在这，走着瞧！走着瞧！”他分开众人，拿起棍子走了。

下午，刘长旺又被叫到了派出所。

一见坐在民警身边的陆怀玉，刘长旺心里全明白了，不过他嘴上还是装起了糊涂，对着民警说：“找我有事？”

民警严肃地说："找你核实一件事情，你拿过陆怀玉的住院收据吗？"

刘长旺摇摇头，说："没有！"

民警说："可你老婆说已经被你撕掉了！"

刘长旺瞪眼骂道："这个败家女人……"

民警从一个口袋里掏出一把扯成碎片的单子来。刘长旺见了，一下子矮了三分，嘴里不迭地说："该多少我给多少。"

陆怀玉揶揄地说："刘长旺，早晨我去找你时，你可不是这么痛快。这会儿你是不是也在哪吃差药了？"

刘长旺说："玩笑！开个玩笑！老陆你别往心里去。"

陆怀玉又皱起了眉头，痛苦地说："自打受伤那天起，我这头时不时地就疼，哎哟……"

民警看了陆怀玉一眼，说："好了，今天你们俩的事就解决到这，你们该干什么就干什么去吧！"

两个人一起向门口走去。出了派出所的大门，走在头里的刘长旺回头狠狠地瞪了陆怀玉一眼，嘴里不干不净地骂道："真扫兴！大白天他妈活见鬼了！"

陆怀玉一点儿也没生气，心里反倒升起一股快意，因为他听得出刘长旺的嗓音已经沙哑了。

刘长旺停下来，一双红眼挑衅性地瞪着陆怀玉。

陆怀玉似笑非笑地咧着嘴，一直向前走去。在经过刘长旺身边时，他停了下来特地扭头看着他，一脸的嘲弄。

在几秒钟冷漠的对峙之后，率先虚弱下来的是刘长旺，他的心头掠过一丝无奈，目光也从陆怀玉的脸上移开，转身走开了。

中午，少原回家来吃饭。走进里屋见父亲躺在床上，头上又缠上了厚厚的纱布，问：“爸！你这是怎么了？”

陆怀玉皱着眉头说：“头有些疼……”

少原说：“要不就到医院看看。”

陆怀玉：“看啥呀？就咱这地方，有病他也看不出来。”

少原：“那咱去县里看看？”

陆怀玉：“钱哪？谁出？”

少原看着父亲，说不出话来了。

陆怀玉：“我呀！就挺着呗！挺死拉倒。”

少原：“爸！你真要是有病，就去县里看看，要是……”

陆怀玉瞪起了眼睛，“小子！你是说我装病？我咋养了你这么个混账东西！”

少原赶忙说：“我不是那意思。”

陆怀玉：“你啥意思？”

少原觉得父亲今天的举动有些好笑，说：“那伤口不是已经长好了吗？你咋还把头包得那么严实，捂也得给捂坏了。”

陆怀玉：“坏了更好。”

少原妈在地中间放好桌子，摆好饭菜后招呼这爷俩吃饭。

陆怀玉没好气地说：“我不饿。”

少原：“爸！还是起来吃点儿吧！”

陆少原：“我死了也不用你管。”

第九章　陆少原

一

这些天少原很是郁闷。父亲和刘长旺之间发生的事情表面上看虽然已经了结，可两家的怨恨却扎下了根。

这天，吃过早饭，少原在街上闲逛，看见刘长旺出门后他来到紫薇家。少原对杨秀芳说，他想在春节前和紫薇先把结婚登记的手续办了，待什么时候有条件再去举行仪式。

杨秀芳想了想，说还要和紫薇她爹商量一下。紫薇对少原说：“这事恐怕不太容易。”

少原又待了一会儿才告辞回家。

晚上，刘长旺回来了。杨秀芳特地为他炒了两盘好菜，又倒上大半杯烧酒。刘长旺一边吃喝一边夸奖老婆的手艺。

老婆见他高兴了，便说出了少原今天来的意思。

刘长旺一听就瞪起了眼，筷子一摔，“陆怀玉这个老犊子他没安好心，想白捡我家姑娘，门都没有!”

老婆急忙辩解说：“她爹，你先别生气，听我慢慢跟你说。”

“你说!”

“少原是背着他爸偷偷来说这件事的，那陆怀玉还不知道，若是知道了恐怕还不会答应。”

“他不答应！我更不会答应!”刘长旺气呼呼地说。

“也别把事情弄得太僵，咱先看看陆怀玉的态度，我让少原回去找个媒人来。”

“那更是不行！除非陆怀玉那老犊子跪在地上求我不可!”

“她爹，你是不是在说梦话?!那陆怀玉怎么能低三下四地给咱们服软，大不见小不见也就算了!”

“就算了？他可是讹了我两千多块钱。”

“可他人确实是被你打伤了。你遭了钱，他也是受了罪。”

“不管咋说，就是不行!”

“你也得看到咱家紫薇也不小了，又带着一个孩子。再说，她和少原这么些年感情一直很好……”

刘长旺翻了翻眼皮，不再吱声。

又过了两天，少原又来找紫薇。紫薇说她继父就是不同意，而且已经把户口本给锁起来了。

少原说他也没跟家里把话说通，两个人陷入了绝望。

从紫薇那出来，少原来到刘长旺的铺子前，望着铺子里的刘长旺。他傻站了一会儿，又往前凑了凑。

没有人买肉，百无聊赖的刘长旺靠在椅子上抽闷烟。少原硬着头皮，走上前叫了一声“叔”。

刘长旺两只红眼直直地望着屋顶，像是没听见。

少原垂着手，尴尬而又很有耐心地站在门口。刘长旺板着脸，像是没看见面前这个人似的。

又过了一会儿，少原说："叔！你给我爸那两千六百元钱就算是我先借你的，过些天我出去找工作，有了钱马上就还你。"

刘长旺跷着腿，扔掉手里的烟头，又换了一支新的。

少原见他没发作，大胆地走进铺子，在一条很矮很矮的板凳上坐了下来。再看刘长旺时就微微有些仰视。

坐了一会儿，刘长旺仍是一副旁若无人的样子。少原虽然感到压抑却还是一副坦然恭敬的样子。

看着案板上的猪肉，少原没话找话地说："叔，这几天生意还好吧?"

刘长旺拧着脖子，用鼻子哼了一声。

少原见他有了反应，试探着说："叔，你看我和紫薇的事……"

刘长旺终于说话了："少提这话，那是根本不可能的!"

虽然来的时候少原有了心理准备，但听了这话他还是感到很难堪。他木然地坐在那里，脑袋像一只装满糨糊的罐子，再也想不出一句话来。

又熬了一会儿，他仰起头，看着刘长旺说："叔，我知道你说的是气话，其实你并不是真的不同意……"

刘长旺一下站了起来，指着少原说："小子！你给我听好，除非你爹亲自来给我赔礼道歉。不然，做你的美梦去吧!"

少原说："叔！我爸那人的脾气你不是不知道，一时半会儿他还真的转不过弯来，你千万别和他一般见识!"

刘长旺更生气了，大声说："什么？你竟敢说我和他一般见识……看来你小子和你爸一样，也不是个好东西!"

少原一下子红了脸，坐在那，一种被寒碜的感觉像毒蛇一样地缠绕并折磨着他。

这时，有几个人凑到刘长旺的铺子前，有心无心地看着那案板上的猪肉，一边议论着那肉的价钱……

少原赶紧走过去和他们打招呼。

刘长旺从后面走过来，“砰”的一声将割肉刀摔在案板上，冲少原大声喊了起来。

“你算老几？少他妈在这里瞎咋呼，出去！”

少原呆住了。

那几个人一看这架势，更是无心买肉，一个个向后退去，站在旁边看起了热闹。

刘长旺又骂了一句，“滚！”

少原无地自容，低着头，从刘长旺的身边溜了出去，心里开始怨恨起这个不知好歹的家伙来。

他发誓他这辈子再也不想见到刘长旺。

少原走远了，看热闹的人也都散了。

刘长旺一脚踢翻了少原刚才坐过的那条板凳。

二

今天是腊月二十九，刘长旺的铺子已经关门。从大年三十到正月十五这段日子刘长旺整天都会待在家里，少原是不敢随便去找紫薇的。

待在家里很郁闷，又无处可去，少原就在街上闲逛。路过刘长旺家大门口时，少原偷眼向院子里望去。

已经是下午两点钟，刘长旺家的屋门边贴上了新的对联，门口还挂上了两只大红灯笼。铁皮屋顶的烟囱里飘起了炊烟，一阵阵鱼肉的香气从院子飘了出来。

少原不敢停留，慢腾腾从刘长旺门前走了过去。

“少原!”

少原停下来，回头向院子里望去，叫自己的是紫薇的母亲杨秀芳。

“进来坐坐吧!”

少原沉吟一下，说：“不了！家里在等我吃晚饭，我这就得回去。”说完像是真的急着回去吃饭似的快步向前走去。

走不多远，他又回头向刘长旺的院子望了望，还是不见紫薇的影子。

元宵节一过，少原就和父母说自己想出去找份工作干。这正合陆怀玉的心意，他在刘长旺赔偿自己的两千六百元钱中取出一半交给少原，说：“拿着！这回别着急，千万看好了，找一个长久一点的工作干。别像上次那样，刚过一个月就让人给刷下来了。”

少原心想：爸哟！你哪里知道现在找工作的难处!

从父亲手里接过钱后，少原又拖了几天。

这天，刘长旺的肉铺又开始了营业。少原心急火燎地向刘长旺家里跑去。见到紫薇，他又不知如何开口。沉默片刻，他告诉她：他马上就要走了。

紫薇一点儿也不感到惊讶，好像她早就想到了似的，平静地说：“你要去哪里?”

“我想去广州，最近那里有几场招聘会。”

紫薇想了想说：“那里早已人满为患，你学历又低，想找到一份合适的工作，恐怕不容易。”

少原听了，心中有些黯然。沉默片刻，他问：“那你说我该怎么办?”

紫薇说：“我想你一开始还是应该立足于中小城市，先从小的地方做起，一边做一边学习，等有了更高的学历后再谋求一份好的工作。”

“说是这样说，可现实明明白白地摆在这里，我真的不知怎样去做，甚至该去哪里都不知道……”少原有些无可奈何。

“我的一个朋友夏慧在株洲，我正想去找她。如果你愿意，我们可以同行。”

少原眼里一下又有了神采，激动地说：“有你同行，什么困难我也不怕!”

紫薇嫣然一笑，说：“我可是你的一个累赘!”

少原小声说：“我愿意!”

接着他们又开始了进一步的谋划。

三

花溪镇离县城有五十多千米，每天早晨六点钟就有一班汽车从花溪镇出发，一个多小时后就可到达县城。两天后，天还没亮，少原早早地来到车站，乘第一班车悄悄地离开了花溪镇。两个多小时后，紫薇也从容登上了一辆开往县城的班车。今天她的衣着打扮十分普通，那样子就像是闲着无聊随便去一趟城里打发一份寂寞。她选了一个靠车窗的位子坐下，扭头望着窗外，不去理会那些认识自己的人。

汽车开动了，她心里突然涌起了一阵伤感，从今天起芊芊就要独自和她的外婆守在一起，不知要到什么时候才能见到妈妈。见不到妈妈的芊芊每一天又该如何度过？而自己没有芊芊的生活又是什么样子的？她心里酸酸的，泪水在眼里打着转，但就是没有让它流出来。她觉得芊芊真的很孤独，很可怜，生下来就被父亲遗弃了，是天底下一个最不幸的孩子。汽车越往前行进她的心情就越沉重，开始怀疑自己再次将她撇下是不是太过轻率，甚至对这次出行有些后悔。

今天进城的人很多，车厢里拥挤不堪。过道上全都站满了人。没有座位的人们拥着挤着拉着扯着才勉强使自己的身子站稳。每过一会儿，车还会停下来，乘务员仍在不停地向车厢里塞人。

这趟车开得确实很慢，就像是一头老年的水牛在耕田，根本就走不动。人们纷纷抱怨车厢里太过拥挤。这时，过道边上的一个中年男子挤着了紫薇身边一个三十多岁，怀里抱着孩子的女人。女人怀里的孩子被挤疼了大声地哭叫起来。女人心疼地叫着："别压着我的孩子!"中年男人无动于衷，连看都不去看那女人和孩子一眼。

紫薇一阵心痛，仿佛是自己的芊芊被人挤着了。她从座位上站起身，要和那位抱孩子的女人交换一下座位。抱孩子的女人感激地看着紫薇，一时不知说什么好。紫薇费了好大劲才和这位抱孩子的女人交换了座位。

她默默地望着那女人怀里的孩子，那是一个只有三周岁大的女孩，黑溜溜的一双眼睛也在望着紫薇，好像在和这位陌生的女人进行着一种奇特的心语的交流。紫薇流泪了，她觉得此时的芊芊不也正在用这样的眼光在寻找自己吗?

汽车在不知不觉中行进，令人难以忍受的行程终于告一段落。当汽车驶进车站时，紫薇焦灼的心情才平静下来。

怀抱孩子的女人感激地看着紫薇。紫薇冲她笑了笑，两人一起下了汽车。

已经是上午十点钟。这是一个晴天，天空没有一丝云彩，太阳很是明亮。紫薇和怀抱孩子的女人一边搭讪着一边向车站的出口走去。

这时，紫薇觉得背后有人在呼唤自己的名字。她停了下来，回头一看，少原正微笑着像自己走来。紫薇心里一阵激动，望着少原，一时竟说不出话来。

少原上前，一下挽起紫薇的胳膊，生怕她丢失了似的。

抱孩子的女人已经往前走了十多步，回头看了看紫薇，又停了下来。

紫薇和少原一起向她走去。

“这是你的男朋友？”抱孩子的女人问。

紫薇点点头。

抱孩子的女人仔细端详着少原，说：“真潇洒啊！看得出他是一个好人！跟着他，没错的！”

紫薇心胸豁然开朗，脸颊泛起一片淡淡的红晕，阳光照在她的脸上，她细眯着眼睛看着少原，那模样十分让人怜爱。

“你们准备去哪？”抱孩子的女人问。

“我们去株洲。”紫薇回答说。

“去做什么？”

“找份工作做。”

抱孩子的女人感叹道：“你们不管走多远也总能在一起多好啊！可我就没这份福气……”

紫薇有些诧异，问：“为什么？”

抱孩子的女人伤感地说："我和我那位原来一起在株洲打工，自从有了这个孩子我就回了乡下。后来我那位说他去了温州，再后来又说去了深圳。我和他已经两年多没见面了，这次突然打电话来说要和我离婚，唉！两口子总不在一起难免要出事。"

紫薇听了，心情有些沉重，问："那你怎么办？"

抱孩子的女人叹了口气说："由他去吧！"

紫薇叹息了一声："这些男人啊……"

抱孩子的女人脸上露出惜别的神情，说："但愿下次还能遇见你！"说完，往前走了。

抱孩子的女人远去了，她的背影不一会儿就消失在川流不息的人海里。

紫薇心里有些发空，转身看着少原，说："假如有一天，我再像她那样……"

少原双手抓着紫薇的肩膀，望着她，切切地说："请你看着我的眼睛……"

紫薇凝视着少原，眼里闪着晶莹的泪光。

少原一把将她拉进怀里，她的脸靠在他的左肩上，泪水湿了他的肩上的衣衫。

少原感到她的身体在颤抖，什么也不说，只是紧紧地将她抱在怀里。她在他的肩上一边流泪一边喃喃自语。

"少原……你还记得送你上大学的那个上午吗？那天正下着蒙蒙细雨……你走了……"

……

"那年的十一长假，你没有回来……"

……

“还是那年冬天，你和陈愉走在镇子里，你那不理不睬的样子……”

少原的眼睛湿润了，贴着她的耳边说：“就让那一切都过去吧！让我们从现在开始。”

渐渐紫薇的情绪平静下来。她推开少原，抬头望了望一碧如洗的苍穹，深深吐出了一口气。

见她平静下来，少原也感到轻松许多，幸福地对紫薇说：“我想着总会有那么一天，我们开心地回到花溪镇，抱着我们的芊芊，对那里的人们说：‘我们走啦！’然后拉着你的手，去那遥远的地方。”

这时，一个开出租车的汉子走了过来，对少原说：“要去火车站吗？还差两位。”

少原点点头，说：“是的！”

开出租车的汉子又看了看紫薇，对少原说：“是你女朋友？”

少原又点点头，自豪地说：“是的！”

开出租车的汉子感叹道：“小伙子，你真有福气，好好待她吧！”

少原的脸上荡漾着开心的笑。他挽起紫薇，对开出租车的汉子说：“是啊！这是我的唯一……”

紫薇深情地看了一眼少原，“说什么呢……赶紧上车吧！别让大家久等了。”

在众人目光的注视下，紫薇踏着小步向出租车走去，那样子像是带着一丝羞怯走向花轿的新娘子。

看起来紫薇此时的心情确实不错，身边都飘荡着一种令人爱恋的气氛。

四

几天后的一个晚上，刘长旺问老婆：“紫薇到底是去哪里找工作了？”

老婆说：“不是和你说了多少次了嘛！紫薇去了株洲，她的一个朋友夏慧在那里。”

刘长旺说：“不会是陆少原那小子把紫薇拐跑了吧？”

老婆说：“看你操心操的！”

刘长旺忧心地说：“我是怕咱家孩子再吃亏。”

又过了几天，刘长旺对老婆说：“我听说紫薇是和陆少原那小子一起走的，有人在县里碰上了他俩。”

老婆无言以对。

刘长旺气恼地说：“看来我是真的栽在陆怀玉这老小子手里了！”

老婆劝他说：“她爹，你想到哪里去了？那陆怀玉怎么会答应他儿子娶咱家姑娘？他是要知道少原和紫薇一起走的还不得气死！”

刘长旺眨巴着一双红眼，说：“这么说紫薇真是和陆少原那小子一起走的了？”

“就是一起走了又有什么大不了的！现在是谁也无法把他们拆散了。”

刘长旺无论如何也想不到老婆居然背着自己做了这么大的一件事，举起了拳头。

老婆没有躲闪，瞪着眼睛一动不动地看着他。

刘长旺“唉”了一声，举起的拳头又放了下来。

第二天，人们看见刘长旺面容憔悴，两眼疲倦无神，坐在案板后的椅子上，背也有些驼了。

刘长旺不敢去想陆怀玉，可心里又偏偏放不下他，只要一想起他这个老冤家，心中就会燃起一股仇恨的火焰。

一天傍晚，刚刚下过一场小雨，路上还有些湿滑。刘长旺赶着刚买来的两头猪从镇子东头不紧不慢地走过来。

吃过晚饭的陆怀玉正从一条胡同里走出来，和刘长旺打了个照面。

陆怀玉脚下一滑，“扑通”跪倒在刘长旺的面前。他跪倒的样子很滑稽，形同求饶和乞讨。

两头猪一下子跑散了。

刘长旺咧开大嘴开心地笑了。

“这不是老陆吗？跪在这儿干啥呀?”刘长旺站在路边，并不去管被冲散的两头猪。

陆怀玉狼狈地爬起来，顾不得揩去裤子上的泥水，扭头往胡同里面走了回去，一副垂头丧气的样子。他甚至能觉得此刻刘长旺带着一脸的嘲弄，正挥舞着手里的棍子，但那不是在赶猪，而是在赶他陆怀玉。他努力使自己挺起腰，走出个样子来。但今天的陆怀玉似乎在劫难逃，脚下一滑，仰面朝天，又结结实实地跌了一跤。

他的身后传来了刘长旺的笑声。

陆怀玉爬起来，头也不回地向前走去，他的背影晃晃悠悠地消失在胡同的尽头。

刘长旺赶起猪，继续往前走去，一边走一边恨恨地想：儿子和人私奔了，你心里也他妈的不好受。该！他心里仇恨的火焰在一点点淡下去，弱下去，气也顺了许多。

两个月后的一天，刘长旺收到一张从株洲寄来的汇款单。当老婆将取回的两千六百元钱交到他手上时，刘长旺一下忘记了仇恨，心里只剩下浓浓的愧疚，这愧疚让他感到有些难过，眼睛几次潮湿，几次模糊。

他对着老婆说："少原这小子说话还真算数，紫薇没有看错人。看来你把他们俩放走是对的！"

老婆说："她爹！咱们老了，孩子们的日子才刚刚开始。"

刘长旺嗫嚅地说："其实我不是不同意两个孩子在一起，只是……"

"是什么？"老婆问。

"唉！我也说不清。"

秋天到了。

明天就是中秋节，花溪镇的人们在这一天里都要到集市上置办过节的东西。

今天，刘长旺的生意特别好，铺子的前面挤满了人，老婆在家里也坐不住了，赶紧抱上芊芊前来帮忙。

刘长旺手里一边忙嘴上一边和人们说着话。

"老刘，怎么这么久看不见你家紫薇呀？"

"紫薇吗？紫薇正在株洲打工。"

"这孩子长得像她妈，越来越好看了！"

"可不是嘛……"

"听说紫薇已经有了对象，什么时候结婚？我们可都等着喝喜酒呢！"

"快了！今年春节紫薇一回来，我立马就给她和少原办喜事，到时你们可都得来呀！"

"一定来……"

中午的时候，身边的人们渐渐散去，刘长旺坐下来和老婆开始数口袋里的钞票。

这时，一个五十岁上下的男人悄悄地来到他的案板前，压低了声音说："还有猪排吗？"

刘长旺头也不抬，随便答道："八块一斤！"

来人说："割一半吧！"这声音十分耳熟，刘长旺抬起头来，咧着大嘴说："好你这个老家伙……"

陆怀玉"哈哈"大笑。

"少原有消息吗？"

"有！他又去了一家新的公司，听说工资比原来挣的还要多。"

"这就好！你告诉少原，他要是亏待了我家紫薇，我可轻饶不了他！"

"那是，你这老小子没别的毛病，就是有点手黑。"

"哈哈……"

五

七年后的春节，县城汽车站，紫薇怀抱一个男孩，少原牵着芊芊的手上了开往花溪镇的汽车。车窗外，枫杨树的树冠泛着青色，酿出一团春天的气氛来。